Biblioteca

Corín Tellado

Corín Tellado nace en 1927, en Asturias, como María del Socorro Tellado López. En 1948 publica su primera novela, *Atrevida apuesta*. Considerada por la UNESCO como la escritora de lengua hispana más leída, junto a Cervantes, en 1994 aparece en el *Libro Guinness de los récords* como la escritora más vendida, con más de cuatrocientos millones de libros. Sus novelas se traducen a numerosos idiomas y es premiada en muchas ocasiones por sus méritos. Varias de sus novelas han sido llevadas al cine y a la televisión.

Corín Tellado

NOS SEPARAN LOS CELOS

COLECCIÓN CISNE

Diseño de la colección: Departamento de diseño de Random
   House Mondadori
Directora de arte: Marta Borrell
Diseñadora: Judith Sendra
Foto de la portada: © Levy, Lina/via Agentur Schlück GmbH

Primera edición en U.S.A.: noviembre, 2004

© 1981, Corín Tellado
© 2003 de la presente edición para todo el mundo:
   Random House Mondadori, S. A.
   Travessera de Gràcia, 47-49. 08021 Barcelona

Printed in Spain – Impreso en España

ISBN: 0-307-24294-3

Distributed by Random House, Inc.

Los celos brotan ordinariamente en los hombres por falta de talento, y en las mujeres, por exceso de penetración.

Severo Catalina

I

Se me olvidaba decirte algo curioso, Pierre —sonrió Paul Trejan entretanto se servía placentero un trozo de asado—. He recibido una visita que de verdad me pareció peregrina. Supongo que a ti también te interesará el asunto, George.

Los aludidos levantaron la cabeza, olvidándose de lo sabroso que estaba el asado de ternera.

Hasta Maggie, que no solía interesarse demasiado por los casos legales de su marido, su hijo y su yerno, alzó indolente la mirada, y Liza, asimismo, prestó cierta atención.

Paul, viéndose centro de la curiosidad de todos, añadió sonriente:

—Quedó en visitarte mañana a última hora. Es posible que desista o es posible que no. De todos modos —meneó la cabeza dudoso—, entiendo que la consulta carece de sentido común.

—¿De qué se trata?

—Una joven que presenta demanda de divorcio basada en algo totalmente incomprensible para mí, Pierre.

—Tú no sueles aceptar casos de divorcio —adujo Pierre—. ¿Por qué ha ido a ti?

—Pues muy sencillo. Ella buscaba un abogado, y deduzco que se metió en la primera casa que encontró en la cual había una placa de abogados. Resultó ser la nuestra, y como tú, Pierre, estabas ocupado y tú, George, habías ido al juzgado, la secretaria me la pasó a mí. Intenté decirle que yo no me dedicaba a divorcios, pero ella no quiso oírme. Así que por eso os digo que el asunto me pareció peregrino. ¿Puede una señora basar su demanda en una violación del esposo?

George se echó a reír.

Pero Pierre no movió un solo músculo de su tostado rostro, si bien sus ojos verdosos se fijaron con mayor atención en el rostro sarcástico de su padre.

Liza, que había estado callada hasta entonces, así como su madre Maggie, saltaron las dos a la vez:

—¿Violación del esposo? Eso es ridículo.

—Desde vuestro punto de vista americano —adujo Pierre impertérrito.

—Y desde cualquier punto —dijo George— resulta inaudito pretender un divorcio basado en una violación del marido.

Pierre llevó la copa a los labios y bebió un trago.

Se hallaban los cinco en torno a la mesa del comedor.

Una doncella servía la comida y un estirado criado le entregaba las fuentes desde un mostrador que compartía el *office*.

Grandes ventanales bordeaban la pieza y un sol invernal iluminaba parte de aquélla. Los comensales parecían muy entretenidos en su conversación.

—La esposa está convencida de que el esposo la violó contra su voluntad y solicita el divorcio. Por supuesto, yo la escuché, pero me he limitado a darle unos consejos.

—Que fueron basados en que desistiese. ¿No es eso, papá?

Paul lanzó una breve mirada sobre su hijo Pierre. Un buen abogado Pierre.

Y sobre asuntos de divorcios se las sabía todas. Un buen belga aquel hijo suyo y un abogado de lo más experto en tales cuestiones pese a sus treinta y tres años escasos.

Él, en cambio, junto con su yerno George, se dedicaba a asuntos criminales. Pero, por lo visto, Pierre estaba muy ocupado y cuando él quiso pasarle el caso de la joven «violada», su hijo había dejado el bufete.

—Algo parecido, Pierre. No obstante, y sabiendo que de eso sabes tú más que nadie, te la cité para mañana por la tarde.

—Pero eso es absurdo —insistió Maggie—. No se puede acusar jamás de violador a un marido.

—¿Estás segura, mamá?

—Pierre, por el amor de Dios... Pues claro que no.

—Tendremos que estudiar los motivos que concurrieron. ¿Te los contó, papá?

—No la invité a hacerlo debido a que yo nunca podría hacerme cargo del caso. Por esa razón la cité para ti, si bien, digo como tu madre y tu hermana. Es una estupidez.

—Mamá es americana y George también. Tú tienes además tu vena yanqui, pero yo soy belga y las leyes belgas no aceptan machistas ni siquiera en cuestiones matrimoniales. Es posible que el caso me interese.

Todos miraron a Pierre con sarcasmo.

Pierre solía lanzarse como un audaz. Pero él ganaba casos que todos consideraban perdidos, si bien apostaban que nunca defendió uno de tan absurda envergadura.

—Ningún juez escuchará semejantes tonterías —indicó George.

Pierre no dijo palabra, pero sí que miró a su cuñado de forma especial. Y sólo al rato comentó, volviendo a atacar el asado de ternera que, por cierto, estaba sabrosísimo:

—Tú y papá os dedicáis a asuntos criminales, por tanto, lo referente al divorcio, sea basado en lo que sea, pienso decidirlo yo —lo dijo con brusquedad impropia de él—. La recibiré mañana, papá. Has hecho bien en citarla para mí.

Ivette vestía un pantalón pardo viejísimo y un blusón holgado largo hasta medio muslo. Cubría la cabeza de rojizos cabellos con un gorro muy especial, dentro del cual perdía su melena, aunque alguna crencha asomaba por las sienes y la nuca. Sus pardos ojos se fijaban con verdadero interés en la escultura que modelaba.

Tenía los dedos manchados de yeso y los manejaba sobre la figura como si la acariciara.

El estudio no era grande, pero sí adesvanado, por lo que, por algunas partes, el techo y el suelo casi se juntaban.

No obstante, Ivette había decorado el desván con suma gracia y personalidad y casi, casi resultaba encantador y, sobre todo, original.

En aquel instante se separaba de la mesa en la cual tenía posada la escultura y la contemplaba ladeando la cabeza, entornando los párpados y diciendo en voz audible:

—No está nada mal.

De repente se abrió la puerta y apareció Michael.

Ivette volvió un poco la cara y se quedó mirando a su marido.

—¿Qué pasa ahora, Michael?

El hombre joven avanzó tras una breve duda.

Se plantó delante de Ivette, entre aquélla y la escultura.

—¿A quién has recibido hoy?

—Oye, Michael, si vienes ya con esos aires de machista, pierdes el tiempo. Vivo de mi trabajo y vendo esculturas y además las vendo muy bien. De modo que aparta de ahí y déjame continuar. Abajo, en el apartamento, tienes la mesa puesta y la comida preparada y caliente. Te sirves y comes y el asunto, de momento, concluido.

Michael, un joven de unos veintisiete años, moreno, con pinta de italiano o de ascendencia tal, pálido y con los ojos brillantes, estiró una mano y asió la muñeca de su mujer hasta dañarla y dejar en ella la marca de sus dedos.

—Eres una zorra. ¿Me oyes? Una zorra. Con eso de que recibes clientes, estoy seguro de que recibes amantes.

Ivette intentó rescatar la muñeca, pero no pudo.

Michael tenía una fuerza de toro. Así que tiró de ella y la arrastró hasta un canapé.

—Si haces el amor con todos —vociferó— también conmigo. ¿Te enteras?

—Oye, un poco de calma. Si te parece, dejamos el estudio y nos vamos al apartamento a discutir eso. Yo no tengo la culpa de que seas un machista celoso. No soporto esta situación violenta. Tú has cambiado, y todo desde que yo trabajo y gano dinero. Una cosa —añadía roncamente, pues el marido ya la tenía sojuzgada bajo él— no entiendo de ti. Vivíamos peor cuando yo no esculpía. No comprendo por qué te pones así.

Michael ya no la oía.

Y la joven se dio cuenta de que su marido iba a repetir la faena de todos los días.

Así que luchó como pudo, pero Michael tenía una fuerza descomunal y los celos le enloquecían. Celos, lo sabía Ivette, infundados y basados en no sabía qué estupideces.

El caso es que aquella vida tenía que tocar a su fin.

Pero, de momento, Michael no atendía a razones. La estaba forzando y la muchacha se consideraba poco menos que violada.

Pensó, entretanto Michael a la fuerza se salía con la suya, que tenía una cita.

Y había dudado después de ser citada por aquel maduro abogado, en dejar el asunto.

Pero de nuevo bajo el poderío y la saña de su marido, decidía que no faltaría porque aquello se estaba convirtiendo en una guerra sin cuartel.

Consumado el hecho, Ivette se vio desarbolada, herida y mancillada.

Michael, por el contrario, puesto ya de pie reía feliz de haber conseguido realizar su fechoría.

—Eso para que aprendas. Eres cosa mía.

—Yo no soy cosa tuya, Michael —dijo Ivette sin alterarse, pero sintiendo la humillación en plena cara y en toda su alma de mujer sensible—. Yo soy tu esposa, pero ni soy tu amante ni tu esclava, y me parece que esto te saldrá muy caro.

—Espero que, al menos por hoy, no te queden ganas de ver a un tío.

—Eres tan absurdo que piensas que nuestro matrimonio puede continuar de este modo. Te equivocas, Michael. Lo siento por ti, porque pienso que me casé enamorada y que si no lo hubiese estado no me hubiera casado. Pero esto se termina, ¿sabes? —Se ponía los pantalones y los ataba con dedos nerviosos—. Voy a solicitar el divorcio.

El marido rompió a reír.

—¿Sí? ¿En qué vas a basarte? Porque yo soy un buen marido. Trabajo, mantengo mi casa... soy una persona decente. Tengo un cartel estupendo en mi trabajo y soy lo que se dice un tipo muy responsable.

—Menos para mí y tu matrimonio conmigo.

—¿Y bien?

Ivette se puso el blusón y se separó del canapé.

—Lo nuestro ha muerto desde que empezaste a pensar que yo te engañaba con todo el mundo. Tus complejos te llevan demasiado lejos. Lo siento por ti, pero el asunto entre tú y yo está terminado.

Al hablar se dirigía a la puerta.

Sólo tenía que descender doce escalones para entrar en el apartamento que compartían. En realidad aquel desván lo había alquilado ella un año escaso antes.

Y desde entonces empezó la guerra.

—Ivette...

—Voy a casa —dijo ella bajando de dos en dos las escaleras.

Michael se precipitó tras ella gritando:

—Aquí la única persona que manda soy yo, ¿entiendes? Yo, cuando gusto y quiero, y tú eres mi esposa y me debes obediencia, sumisión y respeto.

Ivette ya entraba en el apartamento.

No era grande, pero sí cómodo.

Michael se precipitó tras ella y fue a tocarla, pero la joven asió un búcaro y lo levantó amenazante.

Detestaba las violencias, pero con Michael la cosa ya no podía marchar pacíficamente.

—Si vuelves a tocarme, te lo estrello en la cabeza —gritó—. De modo que mira bien lo que haces.

Michael dio un paso atrás y su rostro se transfiguró.

—Es decir, que estás harta de hombres y yo en tu vida no pinto nada.

—Si lo prefieres así sea —replicó Ivette sin inmutarse—. De modo que te será mejor girar e irte a comer a alguna parte.

—Esta es mi casa.

—Esta es la casa de los dos, y si vienes a perturbarla con tus celos estúpidos, yo no te voy a considerar en ningún sentido y además te abandonaré. ¿Entendido? Me casé enamorada, pero de seguir las cosas así, y no veo que tengan visos de cambio, me largo.

Michael retrocedió hacia la puerta y la abrió sin dejar de mirarla.

—Veremos si puedes —gritó.

Y se fue cerrando por fuera y guardando la llave.

❧❧❧

II

*Y*vette se desplomó en el sofá del salón encendiendo un cigarrillo.

Se sentía muy cansada.

Realmente las cosas se ponían cada vez peor.

Michael, más que un hombre, era un energúmeno enloquecido.

Lo evocó en sus tiempos de estudiante.

Era un chico dócil y amable. Algo machista, es verdad, pero razonablemente cauto. Nadie, durante su noviazgo, podía suponer que Michael se convirtiera en lo que era actualmente.

¿De qué se celaba?

De todo.

Como si ella miraba revistas y había hombres retratados en ellas.

Ya estaba Michael rompiendo la revista y poniéndose a dar gritos.

El primer año de casados todo fue bastante bien...

Pensó en su madre.

¿Qué diría si supiera?

Pero no iba a decírselo, claro.

Tenía bastante con cuidar de su marido.

Claro que su madre nunca debió casarse con aquel hombre enfermizo. Pero si le quería...

Y ella conocía bien a su madre, de modo que... no cabía duda de que amaba a su marido.

No es que ella se llevara mal con el marido de su madre. ¡Eso no!

Pero no se sentía ni piadosa en exceso, ni hermanita de la caridad.

Así que dejó Brujas un día y decidió establecerse como escultora en Bruselas.

La cosa marchaba bastante bien.

Tenía dos compañeras de cuarto y de estudio que, como ella, se dedicaban a la escultura. Y muchos clientes que fueron llegando unos tras otros.

Vendían a comercios.

Después apareció Michael en su vida...

Tanto Alice como Monique se lo decían: «No te cases, piénsalo un poco más».

Eso debió hacer, pero el caso es que no lo hizo.

A los dos meses Michael le presentaba a su padre, un señor llamado Jean que vivía solo, dedicado a sus recuerdos y que de vez en cuando le daba por escribir cosas que resultaba que vendía bastante bien. En realidad ella había leído algunas obras suyas. Eran policíacas y tenían su público. Jean le resultó un hombre estupendo.

Se levantó del diván y miró la hora.

Seguro que Michael ya no volvía hasta la noche. Como encargado en una sección de ventas de unos grandes almacenes, era de presumir que no faltaría al trabajo. Y no lo hacía porque era cumplidor. Sólo le faltaba a ella.

¿Cuándo empezó todo?

Bueno, tampoco era cosa de empezar a desmenuzar las cosas en aquel instante.

Se daría una ducha, descargaría su mal humor y su humillación en el agua y pasaría por el estudio de sus amigas, que, dicho en verdad, seguían solteras y hacían muy bien.

¡Quién pudiera volver a la soltería!

Claro que... todo era cuestión de mentalizarse, pedir el divorcio y recobrar la libertad.

Para ella el matrimonio ya no tenía solución y resultaba una estúpida pesadilla.

Le daba rabia tener que contar a Alice y a Monique su fracaso.

A los dos años de casada, con aquel arduo problema.

Se metió en el cuarto y se fue despojando de sus trapos.

Tenía el pantalón desgarrado por un lado.

¡Bestia!

Con lo bonito que era quererse sin violencias.

El blusón estaba inservible. Por una esquina le faltaba medio faldón. Se había quedado en las uñas de su marido.

Ya bajo el chorro de agua, restregó el cuerpo y el cuero cabelludo.

Le hacía falta lavar el pelo y después lo secaría con el secador de mano.

Ella no era chica de peluquería, salvo que fuera a cortarse el pelo.

Se peinaba sola. Sus cabellos rojizos tenían las crenchas levemente onduladas. Se podían peinar como una quisiera porque se amoldaban divinamente.

Desnuda y cubierta su desnudez con una felpa enorme, se fue al armario y empezó a buscar ropa decente.

Sacó un traje pantalón. Una camisa y una corbata.

Con todo ello se acercó al lecho.

Iría a ver a Alice y a Monique.

Estuvo bastante tiempo con ellas y fue feliz. ¡Su mejor época!

Después acudiría a la cita con el abogado.

Aquel que vio el día anterior no le dio soluciones, pero le advirtió que su hijo Pierre se las daría.

Bien, pues le visitaría a la hora convenida.

Miró el reloj.

Las tres y media.

El bestia de Michael se había ido sin almorzar, pero eso ya era habitual en él. Después llegaba por la noche y, en vez de saciar el hambre, saciaba su deseo infernal de insultar y poseer.

La cosa, pues, debía tener un fin.

De no estar su madre tan ocupada cuidando a su marido, hubiese ido a verla. Pero, claro que su madre poco consejo podía darle.

¿Jean?

Sí que podría, pero al fin y al cabo era el padre del bestezuelo.

III

George era un fastidioso y Pierre pensaba ob-sesionado con aquel caso que le anunció su padre para aquella misma tarde.

Allí tenía a George discutiendo el asunto.

Bueno, realmente lo discutía solo, porque él se limitaba a oír.

—Nadie puede basar su demanda de divorcio en una violación del marido.

Puede.

—Ni en América ni en Bélgica, digo yo.

Pierre pensó que George se dedicaba a asuntos criminales.

Por lo tanto, de divorcios y sistemas para conseguirlos pasaba, y él llevaba un montón de años en el oficio.

Había empezado a los veintiuno como una lumbrera y a la sazón tenía treinta y tres y trabajaba solo.

Ocupaba oficina en el mismo piso donde su padre

y George trabajaban, pero mientras que su padre y su cuñado se dedicaban a la criminalidad, él se había aferrado a los divorcios y ganaba casi todos los casos.

—En mi vida he oído cosa más estúpida. Un marido tiene todos los derechos sobre su esposa.

Pierre era soltero.

Y además soltero por convicción, no por casualidad.

Así que alzó la cara indolentemente y lanzó una breve mirada sobre el rostro alterado de su cuñado.

—¿Por qué no te largas y me dejas en paz? Mira cómo tengo esto y la sala llena. De modo que vete a tu despacho y olvídate de los deberes de los esposos y las esposas.

—¿Pero vas a hacerte cargo de este caso?

—No lo conozco, George, de modo que aún no lo sé. Pero sí sé que tengo gente esperando, que me gusta despacharla en su momento y no me pierdo mi partida de golf.

—Es verdad, ¿me esperarás?

—Vete tú al club y allí te veré. Yo no voy a contar contigo porque después que cierras el despacho te vas a buscar a Liza, y mi hermana es demasiado tardona. Cuando tú llegas al club casi nunca se ve ya la bola.

—Hum...

—Buenas tardes, George.

El aludido se dirigió a la puerta.

—Mira bien lo que haces —le recomendó apuntándole con el dedo enhiesto—. No te conviene meter la pata, y ningún juez te admitirá una demanda de divorcio por esa causa.

—Yo no te digo a ti lo que has de hacer para defender a un supuesto criminal.

—Ejem...

—Así que largo, George.

George se fue rezongando, si bien continuó discutiendo el asunto con su suegro que al fin y al cabo pensaba como él.

Le sacaba de quicio que ella tuviera auto, y la joven no lo entendía porque también él tenía el suyo.

Era un auto ligero y deportivo.

Tenía tiempo de visitar a Monique y a Alice antes de pasar por el despacho del abogado.

Porque una cosa tenía por cierta y bien definida.

Pediría el divorcio.

Y, por supuesto, lo basaría en la violación.

Porque ni su marido, ni mil maridos tenían derecho a abusar de sus mujeres sin el consentimiento de aquéllas. Y Michael era un sádico desde que empezó a tener celos, y tanto si ella quería como si no, la obligaba y la violaba.

Eso podía hacerlo Michael con otro tipo de mujer.

Con ella, por supuesto que no.

Vestía pantalón y chaqueta, debajo una camisa de tono beige y dos cadenas en torno al cuello con una cruz colgando, muy pegadas a la garganta.

Llevaba el cabello suelto. Era ondulado, pero no abultaba demasiado y caía con gracia formando una melena armoniosa que daba femineidad a su rostro.

Tenía también unos ojos pardos glaucos, enormes. Una boca de delicado trazo y unos dientes no demasiado iguales, pero muy blancos que le daban a su cara una gracia especial.

Así subió al auto y lo puso en marcha saliendo del aparcamiento por una empinada cuesta que daba a una plaza muy concurrida donde había desde palomas a montañas de niños y niñeras y al fondo una estatua, no se acordaba ella de quién.

Tenía tiempo de visitar a sus antiguas compañeras y después se acercaría al bufete del abogado.

Aquel señor entrado en años la había mirado con expresión bobalicona.

¿Es que acaso decía ella un disparate?

Por lo visto el abogado en cuestión se dedicaba a asuntos criminales. Pero le dijo que su hijo Pierre estaba especializado en divorcios y los ganaba casi todos a favor de sus clientes, aunque el suyo...

Bueno, por lo visto el suyo era especial.

Pues era el más justo de todos, pensara lo que pensara aquel señor mayor.

¡Qué sabía él!

Al fin y al cabo, se dedicaba a crímenes, así que poco podía entender de divorcios. Veríamos qué entendía el hijo.

El dos plazas se deslizó calle abajo espantando las

palomas que, al volar, parecían cubrir el firmamento y se subían en lo alto de la estatua.

Ivette conducía con mano segura.

Su madre debió regalarle cualquier otra cosa porque el que ella tuviera auto despertó los celos de Michael. Claro que con Michael todo despertaba celos. Hasta sus antiguas compañeras de cuarto.

No entendía por qué los hombres solteros parecen una cosa y cuando ya son dueños de la situación se destapan y son otra opuesta.

Eso le ocurrió a ella con su marido.

A buena hora se hubiera casado ella con Michael de saber que era un energúmeno celoso y violento.

Pero la cosa estaba hecha y la única forma de salir del lío era deshaciéndola, es decir, divorciándose.

Y era lo que pensaba hacer sin dilación. Que tuviera suerte o no, eso ya era distinto. Pero que iba a intentarlo, eso resultaba obvio.

IV

Monique tenía puestos unos pantalones cortos y una camisa por fuera, con los faldos atados a la altura del vientre.

Alice, descalza, andaba en bikini, pues siempre tenía calor.

Lo hacía en el estudio debido a la calefacción central.

Porque fuera no es que apretara el frío, pero el calor tampoco.

Ivette entró por el abertal que era un estudio de lo más original. Resultaba un conglomerado de mil objetos servibles y menos servibles.

Una cosa imperaba sobre todas.

Estatuas de todo tipo.

Yeso y barro y hasta madera a medio tallar.

Más que estudio parecía un taller de artesanía. Pero el caso es que ella vivió allí con sus amigas y fue feliz.

Sin más.

Muy feliz.

El asunto se complicó cuando se enamoró y decidió casarse.

Monique siempre decía que casarse a los seis meses de conocer a un tipo era suicidarse.

Durante un año ella pensó que Monique estaba equivocada.

A la sazón, y de un año para acá, la cosa era muy distinta.

—Bueno —dijo Monique levantándose del suelo—, tienes cara de mal humor.

—No lo tengo muy bueno —explotó Ivette despojándose de la chaqueta y dejándose caer en un sillón forrado de tela de colores.

Alice se sentó en el suelo junto a Monique y las dos alzaron sus graciosas caras.

Vivían como querían.

Ganaban dinero y hacían lo que les daba la gana.

Así vivía ella cuando compartía aquel apartamento, y enseguida se dio cuenta de que a Michael no le gustaba que visitara a sus amigas, pero, puestas las cosas como estaban, lo mejor era hacer lo que le apeteciera y le apetecía verlas aquella tarde y, además, no pensaba ir a visitar al abogado sin antes decirles a sus amigas que se divorciaba.

—¿Qué te ocurre para que estés así de alterada? —preguntó Monique al tiempo de encender un cigarrillo y fumar con fruición.

—Me divorcio.

—¿Qué?

—¿Cómo?

—¿Por qué?

—¿Lo pides tú o tu marido?

—Dame un cigarrillo de esos, Monique —pidió Ivette por toda respuesta—. ¿De qué son?

—De los que dan cáncer nada más.

Ivette sonrió y se puso a fumar.

Jean miró a su hijo, pensativo.

Michael era un tipo algo raro.

La vida para él, por lo visto, era una complicación.

—Es raro que vengas a comer —dijo—. ¿Es que no has tenido tiempo de ir a casa?

—No —mintió Michael—. Debo volver al trabajo cuanto antes.

—Es lo malo que tiene una jornada laboral. A mí no me gustaría pertenecer a una empresa donde de una forma u otra eres esclavo de algo.

—Pero no todo el mundo tiene la suerte de tener un trabajo individual como tú.

Jean se alzó de hombros.

—¿Qué tal tu mujer?

—Hum...

—Vaya... ¿Otra vez morros?

—Es una independiente.

Jean suspiró.

—Todos debemos ser independientes y luchar para conseguirlo el que no lo sea.

—Tus ideas son muy peregrinas, padre, y yo no las comparto.

Lo sabía.

Michael siempre fue muy especial.

Lo raro es que aquella chica tan linda y liberal se casara con un tipo machista y exclusivista como su hijo.

—Yo creo que me engaña.

—¿Ivette? —y sin esperar respuesta—. Come. Ahí tienes lo suficiente.

Michael empezó a comer y de paso miraba el reloj.

Le quedaba poco tiempo.

Él era un trabajador de buena calidad. No faltaba jamás al trabajo. Así, de simple dependiente y por cumplir a rajatabla, llegó a jefe de sección.

Cierto que era bastante severo con sus subalternos.

Y en cierto modo, servil con sus superiores.

Pero, por lo visto, se había olvidado ya de cuando él era dependiente.

Todo esto lo pensaba Jean mientras le empujaba la fuente llena de pescado frito.

—De modo que tus cosas con Ivette no marchan.

—Nada.

—Pues dices además que ella te engaña.

—Sin duda.

—¿Por qué lo sabes? ¿Te lo ha dicho Ivette? Porque me parece que es una chica lo bastante valiente para decirlo con sinceridad si lo hiciera.

—Las mujeres nunca confiesan sus pecados.

—Ésa es tu apreciación.

—Y la de todo hombre que se precie.

A Jean no le gustaba discutir con Michael.

No era inteligente.

Michael era un buen trabajador, pero listo en cierto modo, e inteligente nada.

Lástima.

Él siempre pensó hacer de él un buen abogado, un médico, un excelente escritor... algo más positivo que andar todo el día entre clientes en unos grandes almacenes.

Cuando le dijo que se casaba, quiso conocer a su futura nuera.

Y la conoció.

Tampoco aquello le costó media palabra, pero él pensó lo suyo.

Demasiada mujer Ivette para un botarate como Michael, que resultaba mezquino a fuerza de retorcer las cosas más simples.

Y ahora salía con aquello.

—Según se mire. Si yo tuviera dudas de mi esposa, la mandaría al diablo.

—Eso es y dejar que hiciera lo que quisiera.

—Bueno, si yo no podía ya atraer su cariño, comprenderás que poco iba a importarme lo que hiciera. Además, entiendo que el amor no es una americana para vestir. Ni un balón ni una sortija. Es un ser humano y como tal ha de calibrarse y cuando ese ser humano mujer no siente nada por el marido, y el marido dice que lo siente por otros, pues se le deja y en paz.

—Eso nunca.

—Vaya.

Y le miraba conmiserativo.

Tendría que visitar a Ivette.

Él creía tener psicología suficiente para conocer a las personas.

Ivette era una artista. Además de las buenas.

Con sus veintitrés años escasos hacía cosas francamente buenas.

Una artista tiene una sensibilidad especial. Claro que no consideraba a Michael capaz de tasar o ponderar aquella sensibilidad de Ivette.

El desfase era ése.

—Ahora te dejo.

—¿Ya has comido lo suficiente, Michael?

—Sí. Mañana vendré a verte de nuevo.

—Hace días que siempre comes aquí. ¿Por qué? ¿Es que Ivette no te hace la comida?

—No soporto comer viéndola delante.

—Pues no lo entiendo.

Michael se fue sin responder.

Jean se rascó la cabeza y miró ante sí olvidándose de que tenía un tema estupendo para escribir una novela policíaca que había sacado de la sección de sucesos del periódico del día.

V

Lo pido yo —dijo Ivette—. Lo pienso solicitar esta misma semana si es que el abogado a quien voy a visitar dentro de una hora escasa, encuentra que tengo motivos para ello.

—¿Y qué motivos aducirás? —preguntó Monique dándole vueltas al cigarrillo entre los dedos.

—Violación.

Las dos amigas dieron un salto.

—¿Qué?

—¿Tú estás loca?

—¿Por qué?

—Mujer, no existe un juez en el mundo que acepte eso de otro tío congénere... ¡Ji! Violación una mujer casada. No irás a decirnos que tu marido te obliga a hacer el amor.

—Me viola, que es parecido o peor.

—¿Que te viola?

—Sí.

—Mira, Ivette, que tú no eres novelera.

Ivette no pensaba discutir el asunto demasiado tiempo y le quedaba poco para la cita, a la cual, en principio, había pensado no acudir. Pero ya no.

Iría y explicaría el asunto al abogado. Y si aquél pretendía disuadirla para que basara el divorcio en algo más aceptable, buscaría otro.

El mundo, el juez y el abogado canoso e incluso sus amigas, podían pensar lo que quisieran, pero lo cierto es que ella se consideraba violada cada día y lo peor es que a cualquier hora.

—Oye, Ivette —decía Monique moviéndose en el suelo sobre las piernas que le hacían de asiento—, no he oído jamás que un juez concediera el divorcio a un marido por violar a su mujer. ¿Qué entiendes tú por violación?

—Que mi marido me toma cuando quiere sin mi consentimiento y es igual que luche o deje de luchar, porque esa bestia tiene más fuerza que yo y termino cediendo.

—¿Por gusto o por rendición?

—Alice, por rendición y cansancio. ¿Te basta eso?

—Inaudito.

—Todo lo inaudito que queráis, pero ésa es la realidad.

Monique pensó que le hacía falta un porro, pero prefería el cigarrillo que sólo producía cáncer.

El porro al fin y al cabo, creaba hábito y ella lo sabía perfectamente, por eso hacía días que iba dosificándose y ya no fumaba más que uno en las veinticuatro horas. Claro que eso no impedía que un día cualquiera apareciera un amigo y la metiera de nuevo en el lío.

—Ivette —dijo con suma lentitud, como si a la vez de hablar reflexionara—, lo mejor es que convenzas a Michael para que os divorciéis de mutuo acuerdo.

—Mi marido jamás me concederá el divorcio. Es de origen italiano y nunca cederá en ese terreno. O lo consigo yo o estoy condenada a ser su mujer para el resto de mi vida.

—Pero tú te casaste enamorada.

—Claro, Alice, y mucho. No soy yo mujer que se case por deporte. Pero todos somos humanos y vulnerables a las equivocaciones.

Alice miró a Moni y aquélla se alzó de hombros.

—No creo que encuentres abogado que se exponga a aceptar el caso aduciendo la causa de la violación. Al fin y al cabo los hombres todos son amigos y en esas cuestiones más. El machismo impera.

—Eso ya se verá —miró su reloj de pulsera y se levantó poniendo la chaqueta—. Me largo. Ya os diré lo que opina mi abogado de mi pretensión.

—¿Sabe Mich que le vas a hacer esa jugarreta?

—Se lo he dicho hoy por primera vez y se ha reído de mí.

—Pues en cierto modo —comentó Moni— tiene algo de razón porque yo también me estoy riendo. ¿Por qué no le eres infiel y que te denuncie por adulterio?

—Porque ni así aceptaría. Me daría una paliza, me cerraría en casa, me violaría cuantas veces quisiera, pero no aceptaría tal humillación pública.

—Pues los hay bestias.

—Que os vaya bien. No quería dar este paso sin advertiros —ya en la puerta se volvió a medias—. Ah, en caso de que, como medida preventiva el abogado me autorice a dejar la casa de mi marido. ¿Me admitís aquí otra vez?

Las dos, tanto Moni como Alice, miraron hacia los tres canapés, uno vacío y sin cojines.

—Ahí tienes tu camastro —rió Moni— de modo que... por supuesto que te aceptamos, pero que no venga el energúmeno de tu marido a incendiarnos. No le somos simpáticas.

—Chao. Os veré un día de estos.

VI

Pierre recibió de su secretaria el anuncio de la visita de Ivette Rier. Su nombre de soltera, seguro, pensó.

—Que pase —ordenó en alta voz.

Y la vio en el umbral.

Se le quedó mirando analítico, algo confundido.

La chica en cuestión era muy joven. ¿Cuántos años?

No más de veinte. Dos o tres más a lo sumo. Bonita en verdad, personal, exótica...

Hasta silenciosa tenía una marcada personalidad y en el fondo de sus desconcertantes pupilas grises parecía ocultarse una sombra de melancolía.

También tenía una boca de beso.

Invitaba a la intimidad sólo mirarla.

Pierre sacudió la cabeza.

Él era un mujeriego moderado.

Soltero recalcitrante, y si tenía una aventura la vivía a tope, pero de igual modo la olvidaba a tope.

Cada cosa a su hora.

Las chicas que le conocían, y le conocían muchas, decían de él que era un buen amador. Pero sin arraigo. Un amador placentero y hábil, si bien nunca constante.

—Pase —ordenó—. De modo que usted es la señorita Ivette Rier.

—Es mi nombre de soltera —dijo Ivette pensando que el tipo que se ponía en pie detrás de la mesa era un soberbio tipo masculino.

Se sintió como un poco turbada y le molestó sentirse así.

El abogado tenía unos ojos verdes misteriosos y una forma de mirar desnudante.

Ivette siempre fue pacífica y al ver al abogado sintió como si se le violentara todo el sistema sensible.

—¿Y cuál es el de casada? —preguntó Pierre—. Pero, siéntese. Me llamo Pierre Trejan. Según tengo entendido, piensa solicitar el divorcio.

—Eso es.

—Y lo basa, según mi padre, en violación.

—También es así. ¿Le parece muy raro?

—Según. Pero, siéntese, por favor. Hablemos de ello. Yo como abogado tengo que conocer detalles. No es corriente que se conceda un divorcio por esa causa, es más, pienso que nunca se ha aducido tales cosas ante un tribunal y dudo que un juez acepte la cuestión como tal, pero mi deber profesional es ayudarle y veremos si después de considerar los detalles acepto yo esa violación. ¿Fuma?

Y le ofrecía tabaco.

Ivette, aunque fugazmente pensó en los apestosos cigarrillos de Moni, aunque suponía que el abogado no fumaba porros.

Lo aceptó y lo llevó a los labios con su gracia muy femenina.

Pierre le ofreció lumbre, pensando, sin poderlo remediar, que si él la tuviera por amiga o mujer, si se negaba, también le gustaría violarla. Pero mejor dejar tales pensamientos pecaminosos a un lado.

—Veamos qué cosa pasa. Mejor que empiece desde el principio. Es usted mi última clienta y si tengo que dejar de jugar al golf, lo dejo. Su caso puede ser interesante. A decir verdad, estoy como un poco harto de casos tópicos, todos iguales.

—¿Supone que tendré motivos para que prospere mi asunto basándose en eso?

—No estoy muy seguro. Pero si le parece me cuenta y yo pensaré por usted. Es mi deber.

—Mi marido me obliga a hacer el amor.

—¿Le obliga o le convence?

—Me obliga.

—Veamos, cómo, sea más precisa. Pero empiece por el principio. ¿Se casó enamorada?

—Desde luego. Nadie me obligó a casarme. Me casé por que quise y porque estaba enamorada.

—¿Y no apreció violencia en la forma de comportarse de su esposo?

—No, Michael es ladino y cauto. Durante el primer año todo marchó bien. Yo soy escultora y trabajaba en mi oficio con dos amigas en cuyo apartamento vivía, es decir, compartía aquel apartamento y Michael, entretanto no nos casamos, nunca tuvo objeción que oponer. Pero al casarnos ya me pidió con buenas palabras que dejara de trabajar y, por supuesto, de visitar a mis amigas.

—¿Cómo son sus amigas?

—Normales. Escultoras como yo. Las tres fuimos a Bellas Artes, las tres terminamos la carrera y vendemos muy bien las esculturas.

—El hecho de que su marido le pidiera no volver por allí, es ya un signo de disconformidad. Es decir, que no consideraba a sus amigas dignas de usted.

—Claro que no es eso. Mis amigas viven su vida, independientes y a su aire. Tan pronto están en Bruselas como se van de viaje por cualquier parte. En los veranos no paran en Bruselas y en invierno dos o tres meses, pero no más. Viajan mucho.

—¿Usted viajaba con ellas?

—Bueno, entonces sólo podíamos hacerlo en verano, ya que en invierno estudiábamos.

—¿Usted no tiene familia?

—Mi madre, que vive en Brujas. Está casada con un señor mayor y enfermizo —se alzó de hombros—. Pero le ama. Me consta. Por tanto, conociendo a mi madre, nunca acepté que se casara por el dinero de su marido, si bien yo no podría convertirme como ella en hermana de la caridad.

—¿Visita a su madre con frecuencia?

—De soltera muchas veces. De casada dos o tres en dos años y eso en este último dejando a Michael fuera de sí.

—Es decir, que su esposo la quiere en casa, desocupada y pendiente de él.

—Algo parecido.

—¿Tan rico es que puede mantenerla así?

—No es rico. Por esa razón yo decidí trabajar. Si tengo una profesión y me gusta y me da dinero, no veo por qué voy a vivir peor. Pero Michael a eso le llama feminismo y se pone como un bestia.

—¿Es usted realmente feminista?

—Yo soy liberal e independiente, pero el hecho de serlo no menguó en nada mi amor hacia Michael. Cuando lo sentía.

—¿Quiere decir que ahora no siente amor?

—En absoluto.

—Lo lógico es que siendo así y reconociéndolo, se lo dijera a su esposo y se divorciaran de mutuo acuerdo.

—Mi marido nunca me concederá el divorcio, de modo que debo sacárselo a dentelladas.

Pierre encendió un nuevo cigarrillo.

La chica era original y personal, y tan bonita que resultaba difícil hablar con ella sin tener malos pensamientos.

—Veamos, Ivette —la llamó por su nombre y a la joven le agradó que lo hiciera—. Vamos a remontarnos a su época de soltera y a cuando conoció a Michael. Dígame, ¿es culto su marido?

—Es mediocre. No tiene ambiciones ni inquietudes culturales, sólo las tiene profesionales.

—Y es...

—De dependiente llegó a jefe de sección en unos grandes almacenes. Se me antoja que debe ser tirano con el personal olvidándose de cuando él dependía de otro jefe.

—Suele ocurrir. Pero, dígame, siendo usted culta y teniendo una personalidad... ¿cómo pudo enamorarse de un hombre mediocre?

Ivette se alzó de hombros.

—¿No se encaprichó usted alguna vez de una persona inferior y además fea o estúpida?

—Pero no me casé con ella.

—Bien, pues yo lo hice y además convencida de que era mi pareja ideal.

—¿Había tenido antes experiencias, digamos... sexuales?

—Sí.

—¿Por antojo, por capricho, por necesidad fisiológica o por sentimiento? —preguntó mansamente.

—Por sentimiento, desde luego. No entiendo el amor sin sentimiento, por eso no me agrada hacerlo con mi marido. Estuve dos veces enamorada y he tenido experiencias plenas, pero no convincentes, por lo cual no me casé. En cambio, cuando conocí a Michael me agradó, me enamoré y me casé en seis meses.

—Lo cual no deja de ser una temeridad.

—Lo comprendo ahora, pero no lo entendí así entonces. Michael era encantador, cauto y dócil. Tenía su personalidad y a mí me parecía diferente a la generalidad, y vaya si era diferente. Después, con el tiempo, sus celos absurdos y sus machismos me decepcioné. ¿Está la decepción reñida con la humanidad?

—Por supuesto que no. Debo aceptar entonces, que se enamoró y se casó sin más. Esto podría parecer una perogrullada, pero es una auténtica realidad. Yo no conozco a su esposo, pero por lo que usted habla de él y viéndola a usted, me parece absurdo que se haya casado. Hubiera aceptado mejor una experiencia a base de estudio psicológico y físico y después una reacción natural en cuanto a un auténtico rechazo. Pero el caso es que usted se ha casado.

—Sin más, y me parece impropio desmenuzar algo que ya está más que desmenuzado por mí misma. Pero el resultado es siempre el mismo. Soy la esposa de Michael y no le entiendo, ni le quiero, ni le tolero.

—¿Cuándo empezó a surgir en usted esa... digamos rebeldía y oposición?

—Sin darme cuenta. Es decir, no cabe duda de que

Michael me llevó a esa finalidad. No voy a echarle todas las culpas a él porque alguna tendré yo. Pero yo soy sencilla, honesta y normalísima y no se me ocurre buscar la parte torcida de las cosas, mi marido ni es sencillo, ni honesto, ni ve las cosas como son y parecen, sino que las retuerce hasta verlas como él piensa que son.

—Y no son.

—No son, desde luego. Empezó todo por un auto que me regaló mi madre en mi primer aniversario de boda. No quería que tuviera auto. Prefería que dependiera del suyo. Así que el mismo día empezó a trinar en contra de mi madre y del auto. Yo pensé que se le pasaría, pero resultó que a la semana siguiente y a la otra, aún continuaba con lo mismo. Después yo decidí que no podía pasarme la vida cruzada de brazos, haciendo su comida, la cama y la limpieza, y que echaba de menos mi yeso, mis esculturas y mi ambiente bohemio. De modo que decidí empezar a trabajar. Alquilé el desván y lo decoré a mi manera. Aquello sirvió para otra lucha campal con mi marido, pero terminó por dejarme tranquila creyendo quizás que no vendería mis esculturas.

—Pero usted las vendió.

—Las tengo vendidas antes de hacerlas, de modo que... me siento independiente. Y cuando una es independiente económicamente, le resulta duro que un hombre, porque sea su marido, venga y diga que él es el amo y que allí no se trabaja más y que le engaño con los clientes y muchas cosas más insoportables. Entonces la paz del hogar se convierte en una lucha también insoportable. Se van las ganas de amar y más de hacer el amor, la casa te parece una cárcel y el compañero un monstruo. Y entonces fue cuando yo me di cuenta de mi error.

—Y así se lo hizo saber a él.

—Sin más. Yo no tengo pelos en la lengua. Y pienso que cada uno debe vivir a su manera y que nadie puede ni debe ser esclavo del otro. Entiendo también que, cuando lo sentimientos mueren, muere la pareja.

—Así debiera de ser, pero por lo visto su marido no lo acepta.

—No quiere saber nada de eso y jura que jamás me dará el divorcio, como además resulta que en apariencia es un hombre honrado, cabal, trabajador y cumple con su deber profesional, me será difícil demostrar que es un canallita dentro de casa. Y que carece de toda consideración con su esposa, a la cual trata como si fuera una esclava.

—¿Por qué no le abandona?

—¿Y por qué he de abandonarle sin antes conseguir mi auténtica libertad?

—De abandonarle pediría el divorcio aunque sólo fuera por vergüenza.

Ivette meneó la cabeza repetidas veces.

Despedía un perfume cálido y muy femenino.

Pierre parpadeó.

Pensó que tenía un apartamento al lado y le gustaría invitarla a un café.

Él comía con su familia, pero no siempre. Realmente vivía independiente.

VII

❦

*M*i marido antes se deja matar que aceptar que yo le abandone. Es tan machista que no cederá ni un palmo en su machismo y le costará muy poco decir que me ha enviado a cuidar a mi madre o que estoy de viaje.

Pierre se encontró diciendo:

—Se hace tarde. Si desea continuar hablando, ¿quiere que pasemos a mi apartamento? Vivo aquí mismo.

Ivette no dudó.

Entre hablar en aquel despacho tan austero, a hacerlo en un lugar más cómodo y confortable, la elección era obvia.

—Como guste.

—Es mejor para los dos. Yo no voy ya esta tarde al club. Hay que encender las luces. ¿Pasa por aquí, Ivette?

La joven pasó sin dudarlo.

Y se encontró en un salón precioso, con una tenue luz y muy cómodo y cálido.

—¿Una copa, Ivette?

—Bueno.

—Yo serviré otra para mí. Siéntese junto a la chimenea. A esta hora me gusta tenerla encendida... —Mientras ella se sentaba en el cómodo sofá, delante de la chimenea que restallaba y despedía llamitas encendidas que se perdían después en apagadas cenizas, él se iba hacia el bar y servía dos copas con las cuales regresaba a su lado—. ¿De modo que su esposo carece de orgullo y, sin embargo, es un machista convencido?

—Su abuelo era italiano y pienso que le quedan reminiscencias de aquel origen.

—Gracias.

Y la llevó a los labios con un gesto muy femenino.

Él se sentó a su lado y ladeó una pierna para sentarse medio sobre ella y dejar la otra posada en el suelo.

Era un tipo sumamente interesante. Alto y delgado, de cabello rubio y ojos verdes de expresión penetrante. Vestía el clásico traje gris, camisa blanca y corbata, pero Ivette se lo estaba imaginando en traje deportivo y ganaba en juventud.

¿Cuántos años podía tener?

Treinta y algunos.

La morena piel denotaba al consumado deportista.

Tenía virilidad, simpatía y una mirada desnudante.

Ivette no tenía miedo. Pero sí que sentía como una cierta turbación, aunque esperaba que después de referirle a grandes rasgos su vida íntima, él la sacara del atolladero.

—Una cosa no me ha dicho, Ivette. ¿Siendo su esposo tan machista y percatándose de su... falta de virginidad... no se sintió humillado?

—Supongo, pero no dijo nada. Ni lo comentó. Sin embargo, sus celos lo repiten ahora llamándome zorra.

—¿No oye nadie esos insultos?

—No.

—Lo cual tampoco nos ayuda a demandar por sevicias.

—No.

—Y sigue pensando usted que la viola. ¿Me quiere decir cómo es esa violación y en qué se basa?

—Muy sencillo. Me niego rotundamente a hacer el amor y él me fuerza. No una vez, todos los días. Ni mi argucia femenina ni mi cultura y persuasión detienen a un hombre que se considera vejado y humillado. Por tanto o dispone la demanda, la presenta y se me autoriza a dejar el hogar conyugal, o buscaré otro abogado.

—Calma, Ivette, calma. Yo no he dicho que no lo haga. Lo que dudo es que un juez acepte tal versión. ¿Cuenta usted a alguien sus... digamos intimidades con respecto a esas supuestas violaciones?

—La primera vez que lo he dicho ha sido hoy a

mis amigas, y vengo sufriéndolas desde hace más de siete meses. Yo detesto a mi marido. Me da asco, por tanto el hecho de que me tome me revuelve el estómago. Creo tener derecho, aun dentro del matrimonio, a mi independencia.

—Suponiendo que su esposo la respete.

—Bueno, pues ya que no lo hace, es por esa razón que le denuncio por violación.

—Acepto que lo es —adujo Pierre muy sosegado—. Yo, sí. Pero no sé qué dirá el juez de los preliminares en cuanto al protesto o la razón. Puede ser, y de hecho es convincente, pero no sabemos cómo lo considerará el juez. Pero yo voy a intentarlo.

Ivette le miró ilusionada.

—¿De verdad me ayudará?

—No suelo perder casos. Yo los llevo muy seguros y estudiados. El suyo lo tengo, como si dejáremos, prendido con alfileres, pero ya lo clavaré con clavos. Voy a lanzarme a una aventura, pero entiendo que debo hacerlo, como profesional y como hombre. Dígame, Ivette, ¿a qué persona podría usted referirle su intimidad?

La joven miró ante sí.

—No tengo ni idea.

—Sus amigas pueden testificar, pero sólo a medias porque lo único que pueden hacer es referir lo que usted les refiere y... usted, a juicio del juez, puede mentir. ¿No le parece eso muy plausible?

—Pero no miento.

—Es indudable. Sin embargo, el juez puede muy bien considerarlo de otro modo.

De repente, Ivette recordó a Jean.

—Mi suegro. Eso es, Jean. Mi suegro no sabe nada de todo esto.

Pierre la miró poco menos que alucinado.

—¿Pretende que su suegro le dé la razón a usted? —preguntó riendo.

Ivette se lo quedó mirando muy seria.

—Jean es un hombre imparcial. Un hombre, además, inteligente y me consta que considera a su hijo poco menos que un imbécil.

—Pero es padre de su marido.

—Es un hombre y me aprecia y además sabe que no le miento.

—De acuerdo, Ivette. Pensemos que su suegro testifica en contra de su hijo, pero... también será por lo que usted le cuenta, no por lo que ha visto.

Ivette cayó en la cuenta de que sería así.

Pero de repente tuvo una idea luminosa.

—Ya sé como podrá Jean, en cierto modo, ser testigo de una violación.

Pierre pensó que estaba loca, pero loca y todo era interesantísima, original y de una belleza nada común.

Resultaba sencilla y al mismo tiempo sexy, sensible y sensitiva.

Una rara mezcla.

Un cóctel dulce y amargo.

A él el caso le interesaba desde un plano ya más bien personal.

¡Ivette!

Lo profesional quedaba para después.

Ya vería la forma de salir del susto.

En ninguna parte del mundo (¡qué mundo, Dios!) se había concedido un divorcio por violación del marido hacia la esposa, pero podría ser aquel el primero, ¿no?

Él iba a intentarlo.

Y lucharía con todas sus fuerzas para conseguirlo.

—Explíqueme cómo, amiga mía.

—Yendo a su casa a pasar este fin de semana.

—¿Tan lejos vive su suegro?

—Claro que no. Vive en Bruselas, aquí mismo y no lejos de mi apartamento. Pero me las apañaré para hacer algo que nos obligue a pasar la noche con Jean, y mi suegro es imparcial y verá el comportamiento de su hijo.

—Es difícil que un padre testifique en contra de su hijo, eso por un lado, y por otro, no veo la forma de que un juez considere a su esposa violada por su marido. No sólo es machista su esposo, Ivette. Hay muchos otros hombres que aún son moros.

—¿Y usted qué opina sobre el caso?

Pierre mojó los labios con la lengua.

Después llevó la copa a los labios y por encima de los bordes miraba a la chica con curiosidad.

—Yo no podría hacer el amor con una mujer que no estuviese de acuerdo conmigo a tal fin. Pienso que ni el marido ni hombre alguno tiene derecho a perturbar la paz de la mujer si ella desea tenerla. Yo doy por válida la violación siempre que la mujer no acepte el acto sexual de mutuo acuerdo con el hombre.

—Gracias —se levantó—. Creo haber dicho cuanto necesitaba saber. Ahora dispondré de tiempo para ver a mi suegro y, cuando regrese a casa, me toparé con un marido violento, celoso y fuera de toda lógica humana.

—Una sugerencia, Ivette, ¿por qué no le habla con toda tranquilidad y le dice sencillamente que no desea tenerle cerca y que le ruega que pidan el divorcio de mutuo acuerdo?

—¿Pero no le digo que eso ya lo planteé en todos los tonos? Él se ríe de mí. Dice que se opondrá con todas sus fuerzas, y es por esa razón que sólo puedo obtener el divorcio basándome en la violación de que, además, creo ser objeto.

—De acuerdo, Ivette. Dígame a qué horas no está su esposo en casa e iré a verla.

—¿Para qué? —preguntó ella ya en la puerta.

Pierre se alzó de hombros.

—En primer lugar, para afianzar con mayor firmeza mis razones en cuanto a la solicitud del divorcio y segundo porque me encanta conversar con usted.

Mal asunto.

A ella le ocurría igual.

Sentía una extraña atracción hacia él.

Una corriente de simpatía.

Algo que no le había ocurrido jamás ni con Michael cuando le conoció, ni con los otros dos novios que tuvo.

No obstante, ella era valiente y necesitaba la ayuda del abogado.

Así que se encontró diciendo:

—Puede ir a mi estudio directamente —sacó del bolso un papel y un bolígrafo y trazó unas líneas—. Por ese portal sube usted derecho. Yo suelo estar en el desván.

—Iré mañana mismo.

Ella alargó la mano y él se la apresó entre las dos suyas.

Se la retuvo sin dejar de mirarla fijamente a los ojos.

—Ivette —preguntó sin soltar sus manos que oprimía de una forma que a Ivette la turbaba—, ¿nunca fue infiel a su esposo?

—Nunca

—¿Lo sería...?

—Por necesidad mía física y psíquica, sí. No lo dudaría. Por capricho o por hacerle daño, jamás.

Pierre levantó la fina mano y la puso con la palma hacia arriba.

La besó allí con los labios lujuriosamente abiertos.

Ivette se estremeció de pies a cabeza y seguidamente rescató la mano.

Peligroso aquel abogado.

Pero al fin y al cabo era un hombre como no lo sería jamás su esposo.

—Iré a verla para ultimar detalles, Ivette.

—Le espero.

Al quedarse solo dilató las narices.

Olía a ella.

Le gustaba aquel olor a mujer, de perfume y de sexualidad.

Una chica preciosa.

Sintió una íntima rebeldía muy masculina, el solo pensar que un tipo como aquel baboso forzara a una muchacha como Ivette, a quien, entendía él, sería muy fácil ganar por el amor, la intimidad y el deseo.

Pierre, se dijo, entrando por el salón adelante, frena tus ímpetus y mira que el asunto es uno más. Pero no hagas tuya una causa, porque entonces la pierdes, y tienes que ganarla.

Respiró hondo.

Bostezó y después se tendió cuan largo era en el sofá junto al fuego.

VIII

❧

Jean escuchaba y miraba a Ivette con ansiedad.
Parecía sereno, pero, realmente, no lo estaba
e Ivette lo sabía.

Como sabía Jean que su nuera le estaba contando
la purísima verdad.

Necio, cretino, absurdo...

—¿Me entiendes bien, Jean?

—Claro. Pero... ¿Estás segura de que a ti no te
gusta que te violen, Ivette?

—Lo siento por ti, Jean. Así como a ti te quiero
mucho y te admiro, a tu hijo le desprecio. Me gustaría que analizaras y juzgaras el caso desde tu plano
masculino, sin parentescos ni afectos de ningún tipo.
No sólo hacia mí, sino hacia él. Es decir, que prefiero
que lo juzgues imparcialmente.

—Por lo que tú me dices.

—¿Es que no me crees?

—Sí —asintió Jean—. No cabe duda que te creo,

pero una cosa es creerte y otra verlo. Si me vas a usar como testigo, tendré que verlo, Ivette. O, por lo menos, ver lo suficiente para sacar mis propias conclusiones definitivas. Pero, dime, ¿por qué Michael no te concede el divorcio si tú lo deseas?

—Eso tendrás que preguntárselo a él.

Jean no deseaba tal cosa.

Conocía a Michael mejor que a nadie.

Una decepción como hijo.

Un fósil servil para unos y autoritario para otros.

Mal asunto.

Pero de cualquier forma que fuera era su hijo, ¿no?

Pero también Ivette era una chica estupenda, espiritual y sensible.

Demasiado sensible para el fósil material de su hijo.

El contraste era notorio y él se percató desde el principio.

Sin embargo, pensó, juzgando por sí mismo desde su dimensión auténticamente masculina, que ante una mujer como Ivette el hombre depone sus necesidades o, si no las depone, es que de hombre no tiene más que la apariencia.

—Jean, no quieres ayudarme, ¿verdad?

—Siéntate y ponte cómoda un rato, Ivette. Nunca hemos hablado los dos con mucha claridad. Desearía hacerlo hoy. Suponte que es como tú dices y de hecho sé que es tal cual. Pero no sé que en ningún país se le dé a la mujer un valor tal que se le considere violada por su marido. Sierva y esclava te doy... Yo entiendo muy necio todo eso, pero está establecido así y no creas que es fácil desestablecerlo. El hombre utiliza a la mujer, y no estoy tan seguro de que un juez esté de acuerdo en que sea la mujer la que utilice al hombre. En cierto modo el abogado se va a meter en un lío legal muy gordo que podrá ser representativo para el futuro en el resto del mundo. Por supuesto, en Italia, basada tu demanda sobre eso no ganarías el caso. Ni en América y menos en España. Ahora bien, aquí, y si encuentras a un juez neutral y acorde con lo establecido moralmente en cuanto a los derechos de la mujer y el hombre, puede que ganes, pero lo dudo. Ni que yo vaya de testigo ni de que pongas a tus amigas. Lo normal, estimo yo, sería que muerto el amor en ti, Michael te concediera el divorcio sin más. Si muere el amor en la esposa lo honesto es que el marido acepte la situación aunque duela. Pero que le fuerce a hacer el amor me parece tan inhumano y desnaturalizado que aun siendo padre, debo condenar el hecho.

—Te estoy diciendo la verdad y Michael sabe que le odio y me da asco, pero me fuerza, y por la fuerza una mujer es un objeto fácil de dominar. Una cosa puedo hacer, Jean, irme. Abandonarlo. ¿Y qué? Pues él no se daría por vencido.

—¿Tanto te ama, Ivette?

—Jean —se alarmó la joven—, ¿consideras eso amor?

—No, yo no. Pero quizás Michael...

—Tampoco. Él es machista y la mujer es su esclava, no su amiga, compañera o camarada. Ni aceptará jamás mi abandono. Y me perseguirá dondequiera que vaya y se negará a aceptar la situación. Lo tengo muy bien estudiado, de modo que la única forma de ganar la batalla es que un juez dicte sentencia y me libre de su pesadilla.

—Nunca supe que por tal causa —insistió Jean— se diera la sentencia de divorcio a favor de la mujer.

—Ése es el tremendo error. Pero un día habrá alguien que de esa forma logre reivindicar los derechos femeninos.

—A todo esto, ¿qué dice el abogado?

¡Ah, el abogado!

Era un hombre.

Y además un hombre atractivo.

Un tipo viril.

Un tipo que removía la sangre y acrecentaba el deseo y exacerbaba una oculta ansiedad...

—Ivette, te he preguntado qué cosa dice el abogado del enfoque que tú darás... a este asunto.

—Lo acepta como caso...

—¿Con vistas a ganarlo o a que le llamen idiota?

—No lo sabe aún. Debe perfilarlo. Pero me indica que debo tener testigos...

—Y pretendes que yo sea testigo en contra de mi hijo.

—Eres un hombre y me consta que la mujer para ti es sagrada y le das todos los derechos que para sí dice tener el hombre. ¿Me lo vas a negar?

Eso tampoco.

—Mira —dijo por toda respuesta—, mañana mismo u hoy, si puedo, le hablo a Michael. Tal vez le convenza para que te deje vivir tu vida por separado de la suya.

—¿Crees que lo convencerás?

No.

A veces pensaba que su mujer había cometido adulterio casada con él.

Pero no.

Su mujer le quería.

Y era honesta.

Por tanto Michael era hijo de ambos.

Sin embargo... a veces le asaltaba el temor de que su esposa le hiciera una faena en su día.

—Lo intentaré, Ivette.

—Ya me voy. Apuesto a que ha regresado y estará pensando que le fui infiel.

Jean la acompañaba hasta la puerta.

—No se lo has sido nunca, ¿verdad, Ivette?

La joven le miró de frente.

Con sus ojos glaucos, límpidos.

—Antes, sí, pero él no existía. Desde que me casé no, pero ten presente que no se lo fui porque no quise a nadie. El día que ame, si amo, se lo seré. Sin más.

Tampoco podía censurarla.

Vista la guerra en la cual estaba inmersa, era muy humano y lógico que deseara y necesitara vivir su propia vida.

—Intentaré convencer a Michael cuando le vea, que será mañana mismo. Cuando el amor termina, termina la pareja, Ivette. No concibo que un hombre fuerce a su mujer si ella ya no siente amor por él. Pero Michael piensa que la vida está allá por el año ochocientos... Es lamentable.

—De no convencerlo, vente a cenar a casa mañana por la noche, Jean.

—¿Qué deseas de mí en concreto?

—Que sientas y veas si puedes.

—Y luego me pones la soga al cuello y me sientas en el banquillo de los testigos en contra de mi propio hijo.

—¿Tan malo es si llevas la verdad por delante?

—No, pero cuando el hijo es culpable, los padres somos cobardes, Ivette.

—Pero tú defiendes la postura de la mujer independiente.

—Y condeno al hombre machista.

—¿Y no me vas a ayudar?

—Sí. Lo intentaré siendo sincero. Mañana me comunicaré contigo.

Ivette le besó como hacía siempre.

Ni más ni menos cariñosa.

Con el afecto que creía que le merecía Jean.

No intentaba comprarlo para su causa. Intentaba tan sólo que fuera honesto. Claro que era difícil ser honesto cuando el acusado de lo que fuera resultaba ser hijo.

Apreció, nada más entrar, la mirada turbia de Michael.

Estaba en casa cuando llegó. Pero eso ya lo llevaba previsto ella.

No obstante entró y cerró sin hacer ruido, pese a que le veía en el salón contiguo al vestíbulo con los puños cerrados y la mirada extraviada.

No era un demente, claro.

Pero era un acomplejado.

Un enfermo patológico.

Un menguado psíquico, aunque no lo fuera físico.

Pensó de qué se había enamorado ella.

Ella que era sensitiva hasta la saciedad y que prefería el amor contemplativo al físico.

Pero se había enamorado.

¿De su belleza?

Era como un Adonis.

Erguido, elegante, bello.

Pero fofo.

¿Y quién a su edad ve la «fofera»?

Ella, no.

No estaba preparada para eso.

Recordó el primer beso que le dio.

No fue hábil.

Se daba cuenta en aquel momento o se la dio ya cuando las cosas empezaron a ir torcidas.

Pero en aquel instante de recibirlo pensó en los ojos azules, en su pelo castaño ondulado, en su elegancia física, en su belleza casi de muñeco de plástico.

¿Era ella tan vacía?

Lo fue, sin más.

Y no había vuelta que darle.

A la sazón ya no creía en los hombres guapos.

Pero sí seguía creyendo en los hombres.

Michael no lo era.

Era, en cambio, el clásico muñeco de salón, de escaparate y ni siquiera haciendo el amor tenía experiencia.

Sin embargo, ella creyó que la tenía y pensó que la vivía.

Era el amor.

La ilusión.

El ansia de compenetrarse con él, si físicamente le llenaba, pensaba que a la vez psíquicamente podía ser, y deseaba que fuera, el hombre de su vida.

Después, poco a poco, un día y otro día, al sentir en sí su propio egoísmo, aquel amor se fue convirtiendo en indiferencia.

Después en odio.

Luego en decepción.

A la sazón más en temor que en nada.

—¿De dónde vienes? —le gritó.

Ella cuanto más le gritaba, más se apagaba su voz.

No sólo por temor.

Porque detestaba las violencias.

La superioridad mentida de Michael.

¿Qué era en realidad su marido?

Un pobre diablo.

Un ente.

Un confundido.

Un machista equivocado.

—De hablar con tu padre.

—Vamos, no digas memeces. Mi padre, a esta hora, está en el círculo.

—Bueno, pues no estaba. Llámalo.

Y quitando la chaqueta fue a pasar a su lado.

Michael alargó la mano. La asió por la muñeca.

No, más vejaciones no.

Más violencias, no las toleraba.

Era capaz de matarlo antes de que volviera a violarla.

El asunto estaba, pues, concluido entre los dos.

Así que rescató su mano.

—No me toques —dijo.

Y su voz era sibilante.

Michael avanzó como una catapulta.

—Me has sido infiel de nuevo, zorra.

—No me toques, te digo.
Pero Michael iba a tocarla.
Ivette asió un jarrón.
—Si me tocas, te mato…

IX

Michael supo que Ivette le estrellaría el jarrón en la cabeza por poco que él intentara acercarse.

Indudablemente era muy machista, pero por esa misma razón resultaba en el fondo un cobarde y la joven se dio cuenta en aquel instante que debía protegerse con firmeza si deseaba que Michael dejara de abusar de ella.

Por esa razón, con el jarrón en alto y aún sin quitarse la chaqueta, dijo con voz que a Michael le sonó distinta:

—Voy a presentar demanda de divorcio por violación, de modo que antes de verte en ridículo, será mejor que pienses en que debemos divorciarnos de mutuo acuerdo, aduciendo cualquiera de los motivos que son válidos. No estoy segura de que prospere mi demanda por la razón que voy a exponer, pero es indudable que, prospere o no, tu quedarás en ridículo y tu machismo se irá al traste. Hay además otra razón que no favorecerá nada tu personalidad. Sea o no sea aceptada esa supuesta violación por el juez que juzgue el caso, tú no podrás ocultar tu tendencia al machismo, y tu falta de consideración hacia la esposa, por lo cual te veo muy mal parado para el futuro en común. De modo que decídete y acepta las cosas como son. No te amo ni te deseo y cada vez que me tocas se me pone piel de gallina.

Michael cambió de color.

Efectivamente era un hombre hermoso, un Adonis, pero hombres como él abundaban y eso lo sabía Ivette a la sazón, si bien lo ignoraba o prefirió ignorarlo cuando se casó con él. También sabía a la sazón que los hombres guapos como Michael casi siempre son vanidosos y fofos, pero el asunto ya no se cifraba en los más o menos valores morales que tuviera su marido.

Se basaba en un vacío total por su parte y una falta absoluta de consideración o amor.

Puestas las cosas así y viéndole dispuesto a saltar, pero con los reparos consiguientes a su necedad y cobardía, aprovechó para añadir, dispuesta ante todo y sobre todo, a no ser nuevamente violada por su marido:

—Nuestro matrimonio se ha ido al infierno, de modo que en lo referente a mi supuesta infidelidad, te diré que lo seré cuando me apetezca. Y si no lo he sido aún, se debió a que no encontré al hombre que me gustara o apeteciera.

Al hablar, y aún con el jarro en alto, retrocedía hacia un cuarto donde había una cama y una mesita de noche y que ocupaba alguna vez cuando podía escapar de él.

O cuando ya Michael había consumado su felonía y ella no soportaba estar a su lado tendida en la cama matrimonial.

Tampoco sabía ella por qué aquella noche estaba firmemente dispuesta a estrellarle el jarrón en la cabeza antes de dejarse tocar.

Pero una cosa sí tenía clara.

Se había terminado la oportunidad para Michael. No volvería a tenerla ni forzada ni complaciente.

—Piénsalo bien —decía Ivette ya en medio de la puerta de aquella alcoba—. O aceptas las cosas tal como son y tú has puesto con tu desconsiderada actitud, o de lo contrario esta misma semana presento la demanda basada en las razones que te he mencionado y, dado como eres tú, absolutista y exclusivista, no te gustará nada. Piénsalo.

—Oye...

—Ya está todo dicho.

Como en aquel instante sonaba el teléfono, Michael dudó entre tirarse sobre ella, arrebatarle el jarrón o ir hacia el aparato telefónico. Decidió lo último.

Pero mientras caminaba hacia el teléfono, iba gritando como un desaforado:

—Nadie en este mundo es capaz de evitar que yo haga con mi mujer lo que me dé la gana.

Ivette cerró la puerta, pasó el cerrojo y respiró profundamente, depositando el jarrón en la mesita de noche.

Le oyó hablar y dedujo que se trataba de Jean.

Mejor.

Jean sabría hallar frases más contundentes para hacerle razonar a su hijo.

—De acuerdo —le oyó decir—. Iré ahora mismo.

Después, un chasquido.

Y enseguida los pasos acercándose a la puerta.

La golpeó, pero Ivette no descorrió el cerrojo. Eso sí, se acercó a la puerta y dijo con una firmeza que a ella misma le asombró:

—Tendrías que derribar la puerta y, si lo hicieras, llamaría a los vecinos y entonces la cosa sería más fácil para mí.

—Nos veremos mañana. Te aseguro que esto no queda así. Tú eres de mi propiedad y yo puedo hacer contigo lo que guste.

Ivette no se molestó en responder.

Podía llorar o lamentar su situación.

Pero no.

Ni ella era mujer de llantos inútiles ni estaba dispuesta a lamentar aquella experiencia negativa que le serviría para adquirir otras más positivas.

Cuando le oyó salir y sintió sus pasos en el rellano y el zumbido del ascensor, descorrió el cerrojo y salió del cuarto.

Tenía apetito.

No había comido en toda la tarde y no iba a dejar de alimentarse por un necio como Michael.

Además, después de haber hablado con Pierre, la cosa cambiaba totalmente.

Las razones que tenía para advertir aquel cambio en sí misma, las ignoraba, pero tampoco le parecía oportuno hacerse tales preguntas en aquel instante. Dispuso, con toda la tranquilidad que sus nervios le permitían, un plato frío y, con él y una cerveza, se fue al cuarto y se cerró en él.

Respiró mejor y se juró a sí misma que ni muerta volvería Michael a violarla.

Como tantas veces, la familia Trejan ocupaba el lujoso comedor.

Maggie parecía, como de costumbre, muy elegante y maternal. Su padre venerable y dicharachero, Liza conversando de modas y George hablando de su partida de golf que había ganado.

De repente, se percató de que Pierre comía permaneciendo en silencio.

—Oye, Pierre, no has ido al club. ¿No quedamos en juntarnos allí?

Pierre alzó indolente la cabeza.

En su casa todos armonizaban bien y él entre ellos.

Tenía su vida aparte, pero era un tipo familiar y le agradaba comer en casa de sus padres.

Liza y George vivían allí y él tenía su apartamento cerca del despacho, si bien nunca, o casi nunca, faltaba a las horas de las comidas.

—Tuve clientes hasta muy tarde.

—Ciertamente —intervino el padre— cuando dejé mi despacho aún había luz en el tuyo.

—Sí, he tenido mucho jaleo.

—Oye —George parecía recordar de repente el caso que le había causado tanta gracia—, ¿ha ido la chica violada?

—Ha ido.

—¡Ji! —sonrió Liza—. Demanda de la esposa al esposo por violación. ¿Existe eso en un matrimonio?

Pierre se puso muy serio.

Él solía serlo siempre y jamás tomaba a broma ningún caso que llevara a los tribunales aun siendo el más trivial. Cuanto menos aquél.

—Existe, Liza —dijo con firmeza—. Y existe por una razón muy clara. El matrimonio, por muy casados que estén, está obligado a respetarse. De modo que nadie es hombre para turbar la paz de su mujer si ella tiene razones para negarse a hacer el amor. ¿No has pensado en ti misma?

Liza se quedó algo cortada. Pero George respondió por ella:

—Hay que suponer que, cuando el matrimonio funciona, funciona la comprensión y que no hay ni vencedores ni vencidos.

—Eso es muy cierto. Pero cuando, por la razón

que sea, hay una mujer humillada por ese motivo, lo lógico es que la mujer pida el divorcio.

—Pero nunca basado en algo tan inconcreto —adujo el padre interrumpiendo—. Ningún juez aceptará sentenciar por ese motivo.

—Si el marido acepta haber violado a su mujer, papá...

—¿Aceptar eso un marido? No seas ingenuo. Jamás lo hará. Si está casado con su mujer y desea hacer el amor, lo hará, digo yo.

—De acuerdo. Dime papá, si tú quieres hacerlo con tu esposa y ella no lo desea, ¿la forzarías?

El padre se desconcertó y miró a Maggie.

—En eso los esposos siempre están de acuerdo, digo yo.

—Ah, eso es mucha verdad. Pero suponte que no lo estén.

—Pues que se divorcien aduciendo cualquier otra razón.

—También eso es mucha verdad. Pero suponte que el marido no le concede el divorcio a su mujer.

—Es absurdo. Si no hay comunicación, ni hay pareja, ni hay matrimonio, ni unión.

—Ése es tu razonamiento. Pero no razona así el marido de mi clienta. Entonces hay que buscar una razón plausible y ésa lo es.

—Puede que lo sea —intervino George menos sarcástico— pero para demostrarlo...

—Un abogado con escuela, ganas y experiencia

siempre sabe manejar al marido de su clienta y puede que sin que él mismo se percate, dado su machismo, piense que está en su derecho al forzar a su esposa.

—Tendría que ser muy estúpido.

—No lo dudo, George, es estúpido ser un violador en su propio hogar.

Todos miraron a Pierre silenciosos y algo desconcertados.

—Eso quiere decir que has aceptado el caso, Pierre.

—Sí, mamá. Dime, tú que eres más sensible que todos éstos, ¿permitirías que tu esposo te violara si tú no deseabas hacer el amor?

—No viviría con él.

—De acuerdo, pero suponte que él sí quería vivir contigo y te perseguía. Para librarse de un marido, debe dictaminarlo el juez si es que quieres ser enteramente libre.

—Por supuesto.

—Pues es lo que va a hacer mi clienta. Pedir el divorcio y lo basaré en eso, y yo creo que prosperará y tengo la seguridad de que demostraré que estoy en lo cierto y que mi clienta es violada contra su voluntad por el esposo.

—Eres un soñador —dijo George inquieto— si crees que un juez aceptará tal versión y sentenciará a favor de tu clienta. No te olvides que aún se le da al hombre cierto privilegio.

—Eso es lo que se debe destruir. Los privilegios. Hay que dar la razón a quien la tiene sin distinción de sexo. Si el juez sentencia a favor del hombre cuando la esposa le es infiel, lo lógico es que sentencie a favor de la esposa cuando el marido se comporta como un bestia y no razona en cuanto a los deseos y querencias de su esposa. Hay algo, además, y que lo tenemos muy sabido todos, que se llama igualdad de oportunidades. El matrimonio es una institución y cuando se falta a sus estatutos la institución no tiene razón de ser porque se destruye sola. ¿Es o no es así? El hecho de que el marido sea hombre, no quiere decir ni mucho menos que la esposa sea la esclava o la bayeta de fregar o la taza en que se toma el café. Es un ser humano a quien se le deben todos los respetos y consideraciones. El individuo que no acepte así las cosas, que compre una muñeca de goma y haga con ella lo que guste. Pero mientras su compañera sea un ser humano, le debe absolutamente todas las consideraciones.

Otro silencio.

Le miraban muy asombrados porque Pierre por lo regular era un abogado frío y cerebral y en aquel momento estaba hablando como si el caso fuese propio y en él pusiese todo un temperamento que nadie le conocía hasta aquel instante.

—Es la primera vez —dijo la madre cautelosa— que tomas tan firmemente un caso ajeno.

—Es la primera vez —replicó Pierre— que yo veo una injusticia tan grande y tan desconsiderada.

—Es decir —observó el padre pensativo—, que te vas a liar con ese asunto.

—De cabeza y con todas mis fuerzas.

—¿Le has creído a ella, Pierre?

El aludido miró a su cuñado.

—Por supuesto. Un abogado como yo, que lleva tantos años oyendo chismes, verdades y mentiras, sabe cuando una persona miente o exagera. Esta vez la esposa ha dicho toda la verdad.

George miró a su suegro:

—Tú la conoces, ¿qué opinas, papá?

El señor Trejan meneó la cabeza dubitativo:

—Verás, George, verás. La muchacha es joven y preciosa y me ha parecido sincera. Es más, pienso que lo es. Pero aquí no se trata de eso. Se trata de que la causa está perdida antes de entrar en los tribunales, porque una violación del esposo hacia la esposa es muy difícil de probar. Y aun probada, raro es el juez que se olvida de su condición de hombre para juzgar. Desgraciadamente tiene razón Pierre en cuanto no se le da aún a la mujer la independencia que tiene el hombre. No obstante... pudiera ser que este caso pasara a la historia en cuanto a honestidad para sentenciar.

X

*M*ichael estaba tan furioso al entrar en el apartamento de su padre que aún le temblaban las manos y la barbilla.

Jean, al verlo, se percató de su estado alterado y decidió calmarlo primero antes de entrar de lleno en el asunto por el cual le había pedido que pasara a verlo sin dilación.

No creía tener ascendiente sobre su hijo.

Desgraciadamente para Michael, éste creía tener todos los derechos, saberlo todo y estar muy seguro de sí mismo.

Así le iban las cosas a él. No sólo con su matrimonio, sino en su mismo trabajo. Había entrado de dependiente en los grandes almacenes y si bien fue honrado y trabajador, también fue ambicioso, lo cual le beneficiaba para llegar a donde había llegado. Pero el caso, pensaba Jean, no es llegar, es mantenerse y presumía que Michael nunca sabría mantenerse, porque ignoraba la forma de hacerse querer de sus inferiores y si un día a todas aquellas personas que se consideraban humilladas por su trato, se les ocurría reunirse y presentarse a los jefes con las consabidas quejas, Michael retornaría, desgraciadamente, a su calidad de dependiente liso y llano.

Porque, claro, Michael era tan necio para con su esposa como lo estaba siendo en su trabajo, y el escarmiento podría llegar a ser tremendamente duro.

—La muy estúpida —decía entrando y dejándose caer ante el televisor apagado—. Dice que presentará demanda de divorcio, ¿has oído cosa más absurda, padre?

Jean decidió tomar el asunto con calma.

Se sentó y sacó unos de sus habanos.

Lo mordisqueó y fumó de él manteniendo un rato la llama del fósforo encendida.

—O sea, que las cosas entre vosotros no andan bien.

—Por mí, como siempre. Es Ivette la que no está contenta.

—Será que no te ama.

—Eso, como comprenderás, me tiene sin cuidado. Ella se casó conmigo y seguirá siendo mi mujer quiera o no.

—¿Y eres feliz así?

—¿Feliz? Ella es mi mujer y por lo tanto está supeditada a mí.

—¿Supeditada?

—Así es.

—Oye, Mich... en un matrimonio no hay ganador ni perdedor, o se gana entre los dos o se pierde a la vez, y cuando el amor fenece, la pareja sucumbe.

—Ésos son dichos tópicos.

—No, Mich, no. Lo que es un tópico ridículo es pretender viva una llama que se apaga por sí sola.

—El que se apague la llama de Ivette me tiene sin cuidado. Me debe absoluta obediencia y respeto y será mi mujer hasta que muera.

Jean mordisqueó el habano con nerviosismo.

—Es decir, que el amor que Ivette te tenga, te importa un rábano.

—Es mujer y yo la utilizo porque es mía.

—No le concedes —dijo el padre lentamente sin preguntar— ni el derecho de un ser humano.

—Mira, padre, a mí esas monsergas me tienen sin cuidado.

—Es un hecho que la violas, ¿verdad, Michael?

—Sabes ya lo que pasa.

—Te pregunto si la obligas a hacer el amor.

—¿No es mía?

—¿Estás seguro?

—Me he casado con ella.

—Pero eso no quiere decir que sea tu objeto de diversión.

—Te digo que la mujer está supeditada al marido.

—Mich, tenemos un concepto de las cosas muy distinto, ¿sabes? Yo no sería capaz de hacer el amor con una mujer que me rechaza.

—Tú ya eres mayor —adujo el hijo desconsiderado, y lo peor, pensaba Jean, es que ni alcance tenía Michael para darse cuenta de que le estaba ofendiendo—. No entiendes ya de estas cosas, padre. Comprende que no voy a aceptar que Ivette quiera o no quiera hacer el amor. A mí me apetece y lo hago. Si tengo elemento en casa para saciar mis apetencias, no voy a ir a buscarlo fuera.

—Lo cual significa que tu esposa es tu divertimento.

—Es mi mujer y, como es mía, hago con ella lo que guste.

—¿Con o sin su consentimiento?

—Eso es totalmente ajeno a los deberes que ella tiene para conmigo.

—¿Y los tuyos para con ella?

—Pero, padre, eso no existe tratándose de dos personas que se pertenecen.

—Tú lo acabas de decir. Se pertenecen. Luego, entonces, no es sólo ella la que te pertenece a ti, sino que tú también le perteneces a ella.

—Con una notoria diferencia. Ella es mujer y por tanto inferior al hombre y además es el objeto que el hombre necesita.

—Vaya, vaya...

—¿Ocurre algo, padre?

—Me pregunto si en los almacenes haces igual. Las dependientas serán para ti simples instrumentos...

—Sin lugar a dudas.

—Es decir, que las tienes bajo tu tiranía.

—Las tengo bajo mi mando y les doy órdenes.

—Lo que aceptarán... las dependientas sin rechistar.

—Bueno —Jean se levantaba como si se cansara de hablar con la necedad de su hijo—, esperemos que las chicas no se rebelen y pasen sus quejas a la superioridad.

—Me tiene sin cuidado. Los superiores son hombres como yo y no dejan de entender que la mujer es un ser inferior, el cual utiliza el hombre a su gusto y antojo.

—Tengo un sueño atroz, Mich... Si no te importa...

—¿No tienes nada para comer? —preguntó el hijo sin percatarse de que el padre se sentía asqueado de oírle—. Ivette ha asido un jarrón y se ha metido en el cuarto de los huéspedes. Si quiero hacer el amor con ella tendré que tirar la puerta abajo.

—Y entonces ya no te demandará por violación, sino por malos tratos. Quizá eso le convenga a Ivette.

—¿Por violación? Sí, ya me lo dijo. No pensarás que eso puede prosperar... Ningún juez considerará violada a una esposa por su propio marido.

—Según.

—¿Cómo que según?

—Dejémoslo así, Mich. Vete a la cocina si quieres comer. Algo encontrarás.

—No pareces estar muy de acuerdo conmigo.

Jean tuvo un loco deseo de alzar la mano y propinarle una bofetada en su cara de muñeco de escaparate, pero pensó que de eso se encargaría el juez si es que el caso de Ivette lo llevaba un buen abogado. Porque una cosa tenía Ivette a su favor. La imbecilidad y creencia de su marido. Sin lugar a dudas, daría su opinión de lo que para él era su mujer, y si el juez lo oía, o era tan estúpido como su hijo o se vería obligado a sentenciar a favor de la esposa.

Al rato, se quedaba solo y pensaba que hablaría con Ivette al día siguiente y, si le apuraban mucho, hasta iría a ver al abogado que se hacía cargo del caso para ayudarle a aclarar ideas.

Durmió mal y tuvo pesadillas.

Entretanto Jean intentaba conciliar el sueño, Michael llegaba de regreso a su casa.

Se fue directamente a la puerta del cuarto de huéspedes y dio dos golpes en ella sin obtener respuesta.

Dio tres golpes más con mayor rigor, pero Ivette no respondía.

Asió con furia el pomo y la puerta no cedió.

Pensó en derribarla, pero recordó lo que le dijo su padre y, dando una patada en el suelo, se fue a su cuarto.

No salió del cuarto hasta que oyó la puerta abrirse y volver a cerrarse y el zumbido del ascensor descendiendo.

Los grandes almacenes estaban ubicados en el mismo centro de Bruselas y su apartamento más bien en la periferia, por lo cual Michael no iba jamás a almorzar a casa, ya que no tenía tiempo de almorzar y regresar para la hora de abrir, porque, además, eran unos almacenes que no cerraban nunca y se almorzaba por turnos y él, como encargado de sección, se veía obligado a comer con rapidez para ocupar de nuevo su lugar.

A la mañana recibió a Jean.

Pocas veces iba Jean a su casa.

Pero aquel día, nada más verlo, se dio cuenta de que su suegro estaba de acuerdo con ella.

—Siéntate —le invitó en el desván donde ella se hallaba, cerrada en su blusón y modelando figuras—. Noto que Michael te decepcionó ayer por la noche. Le has llamado cuando estaba discutiendo conmigo.

—Sigues pensando en divorciarte, ¿verdad?

—Desde luego.

—Y no tienes otra razón que aducir que la violación.

—No tengo otra. Tienes que pensar que tu hijo es un dechado de perfecciones para su mundo laboral. No tiene amantes, no tiene antecedentes de nada —se sentaba desalentada enfrente de él—. Jean, lo siento, pero sólo me queda esa razón y, además, es contundente para mí.

—Sin duda, pero no sé si lo será para el juez.

—Mi abogado se las apañará...

—¿Quién es tu abogado, Ivette?

—Pierre Trejan.

—Un buen abogado. Joven y listo. Se habla mucho de él en Bruselas, pero ni siquiera ese abogado tiene talla para que un juez acepte su versión que es pura, exclusivamente tuya.

—¿No has conseguido tú saber la verdad por tu hijo?

—Sí. Pero eso no nos dice nada claro, Ivette. Lo normal sería que os divorciarais por razones obvias. No os entendéis. Sois distintos. Desgraciadamente mi hijo es el clásico machista que piensa que no tiene compañera, sino esclava, y de ahí no lo desmonta nadie.

—Sabiendo todo eso, ¿por qué te duele, Jean?

—Porque tú eres una chica estupenda y podrías haber hecho de Michael un hombre como Dios manda. Pero desafortunadamente la cosa está rota por todas las esquinas y mana agua por cualquier rendija. Lo lamentable es que Michael no acepte esta cuestión y pretenda mantener vivo el matrimonio.

—Tu hijo, Jean, tendrá que llevar muchas bofetadas para sentir la rojez en la cara. Y las llevará. La vida se encargará de dárselas.

—Pero es mi hijo y me duele.

—Bueno, siendo tú tan inteligente, no entiendo cómo lamentas hoy lo que sabes desde que nació.

—¿Y por qué, vislumbrándolo tú, te has casado con él?

Eso era verdad.

Pero Ivette tenía para ello una respuesta clara y precisa:

—Mira, Jean, cuando te enamoras, todo te parece

de color de rosa y con estrellas luminosas. Se acepta a la persona que amas con defectos y cualidades, y yo pensé que, puestas ambas en la balanza, pesarían más las cualidades. Sólo en el transcurso de mi convivencia con él al comprender, me di cuenta de que era al revés. De aceptar Michael la cuestión, la cosa no tendría ninguna trascendencia, porque nos divorciaríamos y en paz.

—Pero Michael nunca aceptará una derrota así.

—De acuerdo. Pues le forzaré yo a que le derroten otros. Lo siento, pero no hay forma de que yo dé un paso atrás.

Jean se levantó con desgana.

—Lo siento, Ivette.

—¿Irás de testigo?

La miró largamente.

—No me necesitarás. Un buen abogado desnudará el cerebro de Michael si le da la gana, y él será el peor testigo de sí mismo.

Le dio un beso y se fue.

Ivette quedó pensando en aquello entretanto contemplaba absorta sus manos manchadas de yeso.

El peor testigo de sí mismo. Claro.

Sería fácil.

Michael creía en lo que hacía y decía.

Un juez, a través del abogado, tenía que ver a Michael por dentro y le sería fácil descubrir que para él la mujer no era un ser humano, era un objeto del cual se servía a su comodidad.

Y si el juez pese a todo le daba la razón, es que era tan estúpido y machista como él, y un señor juez, por muy machista y moro que sea, es también lo bastante listo como para ocultar ante los ojos de los demás su... carisma masculinista...

Respiró mejor y de repente oyó el timbrazo.

Miró la hora. ¿Michael? No, no, aún era temprano.

XI

Se limpió las manos en un paño y se acercó a la puerta.

Para llegar a ella tenía que agachar la cabeza, pues el desván por algunas partes tenía el techo casi rozando las esquinas de las paredes.

Al abrir se topó con Pierre.

Moreno, con los ojos claros y aquel aire interesante de hombre maduro y de vuelta de todo.

Vestía un pantalón oscuro, camisa clara, un pañuelo por dentro en torno al cuello y una zamarra de ante color marrón, sobre la camisa y un suéter de cuello en pico.

—Hola —saludó.

—Pasa, pasa —invitó ella tratándole de tú sin darse cuenta.

Y nada más tratarlo así, añadió cuando él ya pasaba con la cabeza agachada:

—Perdone, pero...

—¿Por qué voy a perdonarte?

—Es que...

—¿Me has tratado de tú? Mejor. Así se entiende la gente.

—Esto parece una leonera —decía ella cerrando la puerta.

Había una lámpara de pie encendida.

Era invierno y a las siete era noche cerrada.

Pierre miró aquí y allí y comentó riendo, mostrando dos hileras de dientes casi perfectos y muy blancos.

—Éste es tu santuario.

—Por lo menos mi refugio.

—¿Entra por aquí tu marido?

—No...

—¿Vendrá pronto?

—No suele llegar hasta las nueve o más. Y si llega tampoco me importa porque os presentaré y tú mismo te darás cuenta de que es un necio.

Al hablar y dentro de su blusón holgado, como especie de túnica que le llegaba a los pies, se lavaba las manos en una jofaina.

Él la miraba al tiempo de despojarse de la zamarra.

—Para ponernos de acuerdo es mejor que pases tú por mi casa, a que yo venga aquí... Prefiero no tratar con tu marido hasta que llegue el momento. Además te digo que estuve estudiando tu caso y lo voy a presentar basando mi demanda, que en este caso es la tuya, en la violación.

—Será un caso curioso, ¿no?

—Pero como es cierto, me será fácil demostrarlo llamando a testificar a tu marido.

Ivette le miró desconcertada.

—¿Y por qué supones que mi marido se dejará atrapar por tus preguntas?

Pierre se sentó en un butacón algo deshilachado y encendió un cigarrillo no sin antes ofrecerle a ella, pero ella meneó la cabeza denegando.

—Verás, me he informado. Tengo mis informadores secretos y los uso en caso de necesidad. Ya sé que tu marido es un machista y tiene a gala serlo. La mujer para él es un instrumento y tú entras en ese concepto que él tiene. Un hombre inteligente sabría ocultar su modo de pensar. Un hombre convencido de que tiene toda la razón del mundo no tiene ningún inconveniente en declarar sus convicciones. Me será sumamente fácil. Peor hubiera sido, o diría imposible, si nos tropezáramos con un ladino. Tu marido te viola, es evidente, por lo tanto como la mujer es un ser humano con todos los derechos inherentes a su personalidad individual, el juez, quiera o no, tendrá que sentenciar a tu favor.

Ivette también se sentó enfrente de él, pero en un puf.

De modo que, al hacerlo, casi se quedó en el suelo.

Tenía los cabellos atados en lo alto de la cabeza, lo que daba mayor lozanía a su natural belleza.

Pierre se preguntaba aún por qué aceptaba él un caso tan poco claro.

Pero el caso es que estaba volcado en él y que no tenía duda alguna al respecto.

Por otra parte la chica le atraía y le causaba una gran curiosidad.

Era personal, bonita y desenvuelta y tenía un carisma oculto, como un halo especial que emanaba de ella.

—Te diré otra cosa que quizás no te agrade tanto, Ivette. Tu marido tiene los días contados en la tienda.

—¿Qué dices?

—Pues eso. La gente está disconforme con el trato que recibe. Tu marido no supo asimilar el ascenso y causa problemas. Cuando se vive del público, los problemas sobran y hay que minarlos a fuerza de lo que sea. La gente no rinde porque no está de acuerdo con ser manejada como si fueran robots... Es indudable que tu marido te usa a ti, pero usa también al personal a sus órdenes, lo que en modo alguno aceptan los jefes.

—Algo me ha indicado Jean. No con palabras claras, pero mi suegro es un tipo sumamente inteligente y sabe del pie que cojea su hijo.

—¿Has hablado con Jean?

—Sí. Y me ha dicho algo que me causó curiosidad y me dio que pensar.

—Veamos que lo juzgue yo. Repítelo.

—Dijo que el mejor testigo que podría tener un buen abogado sería el demandado, es decir, Michael.

—Pues yo también opino igual —y sin transición—. ¿Te atreves a comer conmigo por ahí?

Ivette se miró a sí misma desolada.

—¿Con esta pinta, Pierre?

—Cámbiate. Pero te diré que aun así... estás preciosa.

—Eres muy bella. ¿Lo sabías, Ivette?

—Pues...

Los dedos masculinos continuaban rozando su pelo rojizo de modo que la muchacha se sintió como muy turbada.

—Vamos —dijo él con cierta brusquedad dejando de acariciarle el pelo y levantándole—. Cámbiate.

—Pierre, ¿por qué?

—¿Por qué... qué?

—Me invitas.

—Me gustará comer contigo y cambiar impresiones.

—Pero...

—¿Pero?

—No sé... Eres mi abogado.

—Y tú mi cliente —meneó la cabeza de forma rara—. Mi cliente y yo tu abogado, es indudable, pero también somos un hombre y una mujer.

—Es lo que me da miedo —siseó Ivette levantándose a su vez.

Pierre la miró muy de cerca.

Era más alto.

Casi poderoso junto a la fragilidad de Ivette.

—¿Te da miedo enfrentarte con una realidad?

—Me da.

—Es posible que yo también tenga cierto miedo. No me pareces una mujer de ligue...

—No quiero serlo.

—Y no te voy a forzar que lo seas. Pero...

—Ahora te pregunto yo a ti. ¿Pero...?

—Pero los dos deseamos estar juntos, ¿no lo crees así?

Era verdad.

Por la razón que fuera.

Había en ella, y ella lo sabía, una corriente extraña.

Y se notaba que en él existía la misma corriente o quizá más agudizada.

¿Qué iba a hacer ella?

¿Ser infiel a Michael?

Tampoco merecía su marido consideración alguna.

Y su infidelidad no tenía nada que ver, o al contrario, con sus violaciones.

Es decir, que estaba en su derecho si buscaba el desquite.

Pero es que ella no era mujer de desquites por capricho ni por venganza.

Ella era mujer de sentimientos.

Y si no fuera así, nunca consideraría una violación lo que hacía su esposo.

—Vamos —susurró él ante la duda que apreciaba en Ivette—, vamos. ¿No tienes aquí nada que ponerte?

—No. Pero... me vestiré en mi apartamento.

—Pues te acompaño.

—Pierre, ¿hacemos bien?

—No lo sé. Nunca me pregunto cosas así.

—Pero hay consecuencias.

—Unas veces sí y otras no. De todos modos, las haya o no las haya, es lo mismo porque si las hay será que corresponden a una necesidad concreta.

Era lo que ella no deseaba.

No obstante, apagó la luz y caminó delante de él.

Y fue en la puerta, a oscuras, cuando los dos tropezaron.

Fue muy fácil.

Para ambos, además.

Ni él robaba nada ni ella daba a la fuerza.

Era una necesidad de dentro.

Algo que sin lugar a dudas estaba escrito que a los dos les sucedería.

Ivette sintió una cara pegada a la suya y unos labios que se deslizaban por ella.

Eran cálidos, diluidos, abiertos, que buscaban el contacto de su boca.

Primero pensó en retroceder.

Correr hacia la luz. Encenderla.

Pero de súbito se vio catapultada hacia el pecho masculino y abrió los labios bajo el poder de aquellos otros.

El beso fue largo y tan prolongado que parecía interminable.

La sangre de Ivette parecía barbotar en su cuerpo.

Jamás en toda su vida había recibido ella semejante sensación de holgura, relajamiento y plácida dejadez.

Era un goce y una inquietud.

Pero también era un placer físico y psíquico que casi lastimaba las carnes y alborotaba la sangre dentro del cuerpo.

Las manos de Pierre le apresaban por la cintura y a oscuras, sin pronunciar una sola palabra, aquellas dos manos subían por su espalda y se cerraban en la nuca femenina oprimiendo más la cabeza y de paso el beso.

Los labios casi dolían al fundirse unos en otros.

Los dos se fueron separando con lentitud y no se veían debido a la oscuridad. Pierre buscó a tientas el pomo y abrió. La luz del rellano les dio en la cara.

Se miraron con ansiedad.

—Bueno, Ivette —dijo Pierre con ronco acento—, si te digo que es la primera vez que me siento ligado a una mujer con ligazones sólidos, dirás que soy un mentiroso.

—Yo... no digo nada. Realmente no sé si tengo mucho que decir. Pretendo acusar a mi marido de violador y yo estoy faltando a mis deberes de esposa.

—Como el marido falta a los suyos como tal. Tú debes pensar, y te aconsejo que pienses así, que ante todo y sobre todo eres una mujer y no quieras perder tu razón de ser y los derechos que como tal tienes, sean conmigo o con quien sea.

Al hablar, él mismo cerraba la puerta y le pasaba un brazo por los hombros.

—Te cambias en un segundo y nos vamos a comer por ahí. Si lo prefieres, antes de que llegue tu marido estás de regreso.

Y así fue.

Pero también fue larga la conversación íntima que sostuvieron en el restaurante, sentados uno enfrente del otro.

Pierre no tenía miedo de nada, pero Ivette pensaba que estaba faltando a su propia moral, aunque, dado los sentimental que era, creía tener derecho a ser feliz y a relajarse como tal ante un hombre que la entendía perfectamente.

Cuando se despedían en el auto de Pierre, aquél le asió la cara entre los diez dedos. La miró a los ojos con valentía.

—Te espero mañana a las siete. Irás, ¿verdad?

—Iré.

Y cuando se vio sola, aún sentía en sus labios el vaivén cálido y hondo de aquel beso que señalaba algo que se iniciaba en su vida desde aquel instante y que aún no sabía lo que era.

XII

Michael andaba aquellos días tan liado con sus asuntos laborales que carecía de tiempo para enfrentarse a su mujer.

La vida entre los dos no resultaba placentera, pero tampoco Ivette tenía necesidad de rechazar a Michael, porque aquél tenía la preocupación metida dentro y, por supuesto, no partía de su falta de comprensión matrimonial.

Presumía que las cosas en el trabajo no marchaban y, sabiendo lo que ya sabía por Jean y por el mismo Pierre, podía suponerse que el empleo de Michael, al menos como jefe de sección, estaba tambaleándose.

Pero tampoco a ella le interesaba despertar o provocar conversaciones con su marido ni, por supuesto, averiguar qué motivos tenía para andar tan mohíno y alicaído.

Una cosa nueva había en su vida.

Un sentimiento.

Una pasión fuerte y desbordada que no le proporcionaba oportunidad de preguntarse a sí misma si era mejor o peor para su vida.

Sólo una cosa tenía firme y clara. Sus visitas cada dos días al despacho de Pierre. La demanda había sido presentada uno de aquellos días y el motivo, desde luego, seguía siendo la violación, lo que no dejaba de causar curiosidad a quien compitiera, si bien no se había pronunciado aún ni a favor ni en contra, si bien la demanda había sido admitida tal cual y quedaba pendiente de estudio, lo que aumentaría la preocupación de Michael cuando se le notificara que sería en su momento y a su debido tiempo, pero entre tanto no se enteraba, apenas si paraba en casa y cuando llegaba a ella Ivette ya estaba cerrada en su cuarto, de regreso, eso sí, del apartamento de Pierre.

De cómo surgió lo de ella y Pierre, fue natural y humano. Una corriente de simpatía y de comprensión.

Un deseo físico y psíquico y un sentimiento que los condujo uno hacia el otro sin darse apenas cuenta.

Pierre no era hombre que pensara en casarse, pero tampoco Ivette tenía intención alguna de volverlo a hacer cuando se quedara libre.

Eran, pues, libres los dos de entregarse a su naciente pasión y era lo que hacían, sin más.

Ni pasado ni futuro.

Un presente que se vivía y que si bien deslumbraba a Ivette, tenía a Pierre totalmente prendido de su encanto y necesidad.

Tampoco fue algo que naciera en ellos sin explicación. Existió aquélla y fue clara y sincera.

Es posible, pensaba Ivette, que Pierre nunca se lanzara si ella no sacara a colación algo muy suyo que era la sinceridad de sí misma y lo que aquella sinceridad significaba.

La cosa, pues, la enfocó ella al segundo día de ir por su despacho y pasar al apartamento masculino a tomar una copa. El beso en los labios surgió de inmediato y las manos de Pierre, algo trémulas por primera vez en su vida masculina, la acariciaban. Pero Ivette lo separó de sí y le miró a los ojos con firmeza.

—Aclaremos cuestiones, Pierre —dijo—. Ni tú eres un ligón, ni yo la clásica mujer hambrienta de hombres y sus sensaciones correspondientes derivadas de los mismos. A mí puede obligarme a la infidelidad un sentimiento, pero ni siquiera un gusto físico. ¿Entiendes la diferencia?

Pierre la entendió.

—Lo comprendo.

—Entonces no pienses que estoy aquí para tratar un asunto que está más que tratado y aclarado. No voy a desistir. Quiero ser libre y, tratándose del bestia de mi marido, el único camino para recuperar mi libertad es ése. Si mi marido quiere culparme de infidelidad, lo acepto, pero no lo hará. Y no por ignorarla, porque se lo diré yo misma si el caso llega, sino porque su machismo no lo admitiría. Luego, entonces, es igual que sea fiel o no lo sea. Michael es tan vanidoso que no aceptará jamás que yo pueda ser libre de elegir a quien quiera para amigo, amante o marido.

—Eres muy valiente.

—Por serlo presento esa demanda y espero que prospere y se me haga justicia. Pero eso no tiene nada que ver con lo nuestro.

—Es decir, que tú separas una cosa de otra.

—Sin lugar a dudas. El destino quiso que te conociera y me gusta estar contigo. Me gusta que me beses, y tus besos encienden en mí deseos más profundos, pero, te repito, no soy una ligona ni quiero aceptar que tú me consideres un entretenimiento.

—¿Cómo quieres que te considere?

—Una mujer liberada que acepta una situación que le complace. Ni tú estás obligado a mí ni yo a ti.

—¿Y si esta ligazón nos empuja a los dos a perder la libertad?

—Eso se discutirá en su día. Es posible que, cuando surja el problema, tú ya no me desees o puede ocurrir todo lo contrario.

—¿Que no me desees tú a mí?

—Puede ser así, sí.

—¿Por qué hablamos de deseos y no de sentimientos? Porque tú no eres mujer de deseos si antes no tienes en tu propia sangre el sentimiento.

Eso era verdad.

Daba muestras de haberla conocido bien.

A todo esto, cuando la conversación tenía lugar, se hallaban ambos en un sofá y Pierre la tenía prendida contra sí. Era fácil, pues, caer bajo el poder de sus caricias y sus besos.

Fueron hondos y cálidos, y, si bien tenían una necesidad física preponderante, tenían una inefable necesidad de comunicación y ternura.

No supo en qué momento se vio tirada allí con Pierre.

Con los cabellos algo revueltos y la mirada cálida fija en los ojos verdes de Pierre.

La voz de él era baja y suave y al hablar le buscaba los labios y se diluían en ellos con una ternura casi contemplativa.

—Dirás que soy un sentimental.

—¿No lo eres?

—Nunca supe que lo fuera.

—Pues te diré, Pierre, que tienes tu vena sentimental y hasta romántica. Es precioso el calor del amor compartido y comprendido.

—¿Por qué tienes que ser tú así?

—¿Y cómo crees que soy?

—No lo sé. Tan pronto enigmática como clarificada. Apasionada, voluptuosa y vehemente y al mismo tiempo hay en ti una carga erótica de ternura. ¿Te has preguntado alguna vez si puede ser erótica la ternura o tierno lo erótico?

—Si tú la ves así...

—¿Y cómo la ves tú, Ivette?

—No la veo, Pierre, la siento. Y me gusta sentirla porque es la primera vez que yo tengo la necesidad de compartir con alguien mis raíces más ocultas.

—No entiendo, ¿sabes? Nunca entenderé cómo has podido casarte tú, una mujer tan emotiva y sensible, con un tipo tan vanidoso como tu marido.

—Si las personas acertáramos al casarnos, vuestro cometido como abogados no tendría razón de ser, Pierre. Yo me casé amando a Michael. Creía que era merecedor de toda mi ternura, pero lo más grave del caso es que lo seguía pensando bastante tiempo y era feliz. Pero... ¿quién podía decirme a mí que había hombres mejores y amores más sinceros y pasiones más profundas?

Así se conocieron ella y Pierre.

Y así empezaron a verse cada poco tiempo. Dos, tres días... al mes, y cuando ya la demanda debía estar a punto de llegar a Michael, era todos los días.

Una necesidad profunda los acercaba.

No se trataba sólo de una posesión erótica y sexual. Era una necesidad de muy adentro y la vivían con la misma ilusión de dos jovencitos.

Aquella tarde, Michael llegó a casa de su padre rabioso y a la vez como muy divertido.

—Mira —le dijo—. Me ha demandado Ivette por violación.

Jean ya lo sabía, por lo tanto lanzó una breve mirada sobre el documento que portaba su hijo y sólo preguntó con desgana:

—¿Para cuándo te citan?

—Para mañana por la mañana. Es de risa, ¿no? No pensará mi mujer que esto puede prosperar. El caso se abrirá y se cerrará en una semana.

—No estés tan seguro. Si el juicio se celebra mañana y te citan, veremos cómo aseguras tú que no es cierto lo que dice tu mujer.

—Es que lo es.

Jean ya suponía que la vanidad de su hijo respondería así.

Lo había dicho desde un principio.

El peor enemigo sería él mismo.

Mejor para todos.

El juez, contra su costumbre, tendría que sentenciar a favor de Ivette por una causa que seguramente le resultaba inédita en los anales de la historia jurista...

—Si tú mismo admites que violas a tu mujer...

—Yo no he dicho eso. Yo digo y repito que mi mujer me debe obediencia y, si se niega, lo lógico es que yo tome lo que es mío. Por lo tanto no acepto la violación, pero sí el deber que mi mujer no cumple y que, debido a eso, me tomo yo por mi cuenta.

—Muy erudito.

—¿Decías?

—No, nada. Pero sí te pregunto qué te pasa en los almacenes. Andas muy inquieto.

—Otro asunto estúpido. Hubo quejas del personal femenino y los jefes me han dicho que ande con más cautela.

—Te habrán pedido que ceses en tus tiranías.

—Me han recomendado prudencia, sólo eso. De modo que ya estoy siendo prudente.

—¿De qué manera?

—Dando a las mujeres dependientas el trabajo que les está obligado.

—¿Y no temes que la segunda queja te coloque a ti detrás de un mostrador de bisutería?

—Eso no me ocurre a mí. Soy demasiado hombre.

—Pues corre, hijo, corre, que vas camino de convertirte en la vedette del país.

—No te entiendo.

—Es que tampoco me entenderías si te lo dijera de otra manera. ¿Ya has hablado con Ivette de ese asunto?

—No la veo. Cuando llego a casa ella está metida en el cuarto y cerrada. Me tiene miedo. Es lógico.

—Puede que lo sea.

—¿Me decías algo?

—No.

Y como estaba urdiendo un argumento a base del estúpido asunto de su hijo, decidió continuarlo, sólo que él, en su libro policíaco, mataba al marido. Es decir, lo mataba un supuesto amante.

Michael llegó a casa cuando Ivette aún no había entrado en el cuarto, así que se apresuró a entrar en él y colocarse en medio de la puerta.

Ivette lo miró fijamente.

No parpadeaba.

Sentía dentro de sí una ternura inmensa.

Había estado con Pierre.

Había pasado parte de la tarde con él.

Y venía ahíta de felicidad, pero al ver a Michael con aquella expresión burlona en la cara, tuvo la sensación de que iba a ser la última vez que le viera.

—De modo que paseando por ahí sabe Dios con quién, mientras yo trabajo. ¿De dónde vienes tan linda? ¿Acaso vienes de coaccionar al juez para que te dé la razón en esto tan estúpido que has presentado? —y blandía el documento de citación.

—Me pregunto —dijo Ivette sin inmutarse demasiado— si prefieres que me concedan el divorcio por tu violación o por infidelidad.

—¿Infidelidad?

—Dado tu machismo... no creo que aceptes tampoco que tu mujer te cambie por otro.

Michael avanzó como una catapulta, pero Ivette se había apoderado de un búcaro y lo levantaba en el aire.

Michael no supo jamás qué cosa vio en aquellos ojos femeninos.

Pero, evidentemente, vio algo que le contuvo.

—Ivette, estás mintiendo.

—No voy a molestarte en forzarme para que lo creas o no. Pero una cosa está clara: el juicio se celebrará y tú mañana tendrás que declarar...

—Di si me eres infiel.

—¿Y qué pasaría si te lo fuera?

—Te mataría.

—Lo creo. Pero de una forma u otra tú te destruirías —y bajando la voz, casi persuasiva—. ¿Por qué no aceptas el divorcio sin más aduciendo que no nos soportamos?

XIII

Michael se vio a sí mismo burlado por todos los que de una forma u otra dependían de él. Se vio asimismo entrando en los grandes almacenes y provocando las risas de sus inferiores y la de sus superiores. Dado su machismo y su vanidad, aquello era infinitamente peor a luchar en contra de la supuesta violación de su mujer.

Ivette, al verle vacilar y desinflarse un tanto, decidió ganar la batalla de la forma más humana posible y añadió con el mismo acento persuasivo:

—Hay una cosa clara, Michael: tú no me amas ni yo te amo a ti, por lo tanto lo bueno sería decidir el divorcio por incompatibilidad y de ese modo todo quedaría sin demasiada publicidad. Una cosa me gustaría que entendieras y eso ya al margen de si te soy fiel o no, porque de eso prefiero no hablar. El divorcio prosperará y, si continúa imperando el motivo aducido por mí, será sonado. No a nivel nacional, sino a nivel mundial, porque es el primer caso en la historia que un tribunal concede el divorcio a una mujer por violación de su esposo, lo cual quiere decir que de una vez por todas la mujer será reivindicada y ello levantará mucha tinta y muchos comentarios. En cambio, si nos divorciamos de mutuo acuerdo, no dejaremos de ser un matrimonio más desavenido. Piénsalo.

—Jamás —gritó—. Jamás. Y te diré por qué. Porque tu demanda no prosperará. Los hombres han de entender y están entendiendo y así lo debe y tiene que entender el juez, que la mujer depende de su marido. Que si su marido desea hacer el amor, la esposa no puede ni debe negarse. La igualdad de sexos y oportunidades es un tópico que se está sacando de la manga el feminismo, pero yo te digo —y la apuntaba con el dedo enhiesto— que el hombre jamás dejará de ser el amo de su casa y de su hogar.

Inútil.

No había forma de desmontarlo de su demencial machismo ochocentista.

Así que Ivette se dispuso a ser el escándalo del siglo y a salir reproducida en todos los periódicos del mundo, porque una cosa no le cabía en la cabeza. Perder el juicio.

Y cualquiera que conociera a Michael y le viera tan aferrado a su idea, se daba cuenta de que la causa estaba perdida para él mismo, porque si confirmaba lo que pensaba e iba a confirmarlo, ningún juez, por muy a su favor que estuviera, se atrevería a dictar sentencia en contra en las postrimerías de un conflictivo siglo veinte.

Vio a Michael apartarse de la puerta e irse hacia la cocina.

Por lo visto, no pensaba repetir su intento de violación y la joven se vio con el jarrón alzado y depositándolo en la mesa donde se hallaba minutos antes.

Así que pasó al cuarto de los huéspedes, cerró por dentro y se sentó al borde del lecho.

Sacudió la cabeza.

No era cosa de pensar en Michael.

Tenía sus propios problemas que, aunque no agudos, por ser placenteros, no dejaban de ser problemas íntimos muy suyos.

Pierre y su posesión.

Pierre con su ternura y sus pasiones sin contención.

Pierre que producía en ella una turbación extraña, un goce íntimo increíble y una ansiedad infinita.

¿Que si a Michael le importaba realmente que le fuera infiel o no?

Eso era otro caso.

Se lo era.

Y no por convicción, por necesidad.

Evocaba en aquel instante sus horas en el apartamento de Pierre, el cómodo sofá, los besos largos en la boca, las manos de Pierre perdidas en su cuerpo, y aquel aire místico, sentimental, profundo de mutua posesión y convivencia.

Podía prosperar aquel amor o podía morirse.

Pero una cosa era clara.

Lo había vivido ya y había recibido de él el placer más increíble del mundo.

Es más, junto a Pierre se veía pequeñita, ingenua, inhábil, así era él de todo lo contrario.

Claro que Pierre no tenía vistas al matrimonio, ni ella esperaba algo tan material como sería una boda.

Lo suyo era más superior.

Era una necesidad de la sensibilidad más profunda que vivía en su cuerpo.

Era un calor que tendía a fundirse con otro calor.

Era la comprensión viva hecha goce y pasión.

—Ivette —le oyó gritar.

Todo se desvanecía en su mente.

Al oír la voz de Michael se sentía como prostituida. Pero no por Pierre, ¡oh, no! Por su marido.

Cada minuto vivido con él, cada beso, cada sacudida erótica forzada, era una ofensa viva que semejaba un trallazo en plena cara.

—¡Ivette!

—Déjame en paz, Michael —dijo con desgana—. No pienso salir. Mañana acudes a la hora que estás citado y se discutirá el asunto. Eres testigo del fiscal y de mi abogado defensor. Procura llevar el tuyo y, si no lo tienes, te pondrán uno de oficio.

—Me defenderá el abogado de los grandes almacenes, con el cual ya hablé esta tarde al recibir la notificación. Se ha reído cuando vio por lo que estaba demandado. De modo que te vas a quedar en ridículo.

—Mejor para ti.

Y suspirando se echó hacia atrás cerrando los ojos.

Necesitaba dejar de oír aquella voz pastosa y odiada de Michael. Podría existir en el mundo un hombre llamado Michael Carlisi, y ella no lo aceptaría jamás ni siquiera como pareja supuesta.

Había algo que estaba muerto dentro y ni aceptaría la violación suponiendo que el marido decidiera violarla de nuevo, ni menos aún aceptaría como amigo a una figura que pasaría por su vida como una dura e insoportable pesadilla.

Así que cerró los ojos y se dispuso a añorar la ternura, la pasión, la inmensa voluptuosidad de Pierre...

Llegó al apartamento de sus amigas a paso lento. Y cuando le abrió Moni y se le quedó mirando, miró a su vez pasando por delante de ella.

Alice, que pulía una figura, al sentir sus pasos se volvió y le gritó riendo:

—Pero ¿es cierto todo lo que se dice en la prensa?

Ivette dejó la maleta en el suelo y miró en torno como atontada.

—Ivette —susurró Monique acercándose con lentitud—, lo siento. No hemos ido porque se nos antojó tan absurdo todo...

—Los periodistas estuvieron aquí. Andan como locos... —explicaba Ali sin darse cuenta aún de la angustia de Ivette—. Se comenta el asunto con mofa, y el tonto de tu marido...

—Su ex marido —le reprochó Moni.

—Bueno, sí.

—Me siento avergonzada —siseó Ivette cayendo hacia atrás en el canapé que ocupaba cuando vivía con ellas—. Ha sido todo de lo más bochornoso y el juez tendrá que dictar sentencia en contra. Era lo que yo buscaba, pero los abogados se cebaron en él, y el muy imbécil sostuvo su teoría machista hasta el final, lo cual le da un no rotundo a su sistema.

—Mejor para ti, ¿no?

—Sí, cierto, Moni. Pero te duele que hayas malgastado dos años de tu vida viviendo con un necio. Y me duele porque vi a Jean hundido, destrozado. Además... pienso que su forma de pensar le destruirá el futuro.

—Mira —dijo Alice deponiendo su sarcasmo—, tenemos la radio puesta. Todas las emisoras hablan hoy de tu caso. Y es que el caso en sí se las trae. Nunca se ha visto a una esposa que demande a su marido por violación, pero tampoco se ha oído a un marido decir que su esposa es mujer y que él, como hombre, tiene todos los derechos sobre ella, lo cual le entierra vivo, supongo yo, y encima obliga a un juez a sentenciar en contra.

Ivette suspiró.

Tenía que fumar.

Era la única forma de despejar la tensión.

La sentencia llegaría un día cualquiera, pero el juicio en sí había sido deplorable por la necedad que entrañaba por parte de Michael.

También Pierre se había excedido y cualquiera avispado se habría percatado que defendía una causa como abogado y como persona implicada en el problema.

¿O no?

No le había vuelto a ver.

Ella había escapado como huida, había ido a su casa, metido sus enseres personales en dos maletas y había ido a casa de sus amigas a buscar apoyo y asilo.

Lo demás, que fuera como les diera la gana al juez, a la estupidez de Michael y a la prensa que andaba a su caza.

Sonaba el teléfono.

Antes de que Moni lo cogiera, pidió con acento cansado:

—Si es la prensa, nada. Di que desconoces mi paradero. Cuando se vea otro caso cualquiera que choque, me dejarán en paz.

No era la prensa.

Y Moni quedó algo así como cortada tapando el auricular.

—Dice que es Pierre, Ivette.

—Ah.

Y se levantó.

Asió el auricular con las dos manos.

—Dime.

—Ya sabía yo que dada tu sensibilidad estarías así. Pero tú no eres responsable de nada, cariño. El necio ha sido él que nos ha facilitado la sentencia que fuerza a dictaminar al juez.

—Eso ya importa poco, Pierre.

—¿Dónde te veré? ¿Vienes aquí? El sitio donde no te buscaría la prensa sería mi casa. Yo te he defendido, pero soy neutral siempre.

Dudó.

¿Ir?

Lo necesitaba.

Para su sosiego.

Para su tranquilidad.

Y más que nada para sentir su voz cálida y tierna en su oído y sentir a la vez el roce de sus labios en los suyos.

Sentirse algo, alguien.

Sobre todo sentirse mujer y sólo al lado de un hombre como Pierre podía ella deponer su decaimiento y rejuvenecer, expansionarse, experimentar la sensación más absoluta de que era un ser vivo humano y considerado.

—Iré luego, Pierre.

—¿De verdad?

—Sí.

—Oye, no pude evitar lo inevitable. Él se prestaba a ello.

—No conoces la sentencia —sin preguntar.

—No, cariño. No, pero es conocida de antemano

porque tu propio marido la sentenció. Lo siento, Ivette. Sé que buscabas eso, pero sé a la vez, que te duele haber comprobado por ti misma que estabas casada con un necio, y eso no te lo perdonas a ti misma.

—Contigo a mi lado, sí, Pierre.

—Pues vente...

—Sí.

—¿Cuándo?

—Enseguida.

—¿Sabes?

—¿Saber... qué?

—Quiero casarme.

—Estás... loco —y se estremeció al decirlo porque sentía en sí que ella también, sí, sí, ella quería ser la esposa de Pierre.

—¿No quieres tú?

—Sí...

—Pues vente. Por favor... vente ahora. Te estoy esperando...

XIV

❧

Se lo dijo a sus amigas al tiempo de asir de nuevo la maleta.

Su voz resultaba hueca y a la vez profunda.

Sincera sobre todo.

—Tengo un amante.

Las dos, tanto Moni como Ali, la miraron.

—Ivette, ¿qué dices?

—Me caso con mi abogado.

—¿Qué?

—Me voy con él.

Y se iba.

A paso elástico, erguida, como estirándose mucho.

Como desafiándose a sí misma.

Y es que lo hacía.

No quería, pero lo hacía.

Moni y Alice la seguían apresuradas hacia la puerta.

—Ivette... ¿de qué te censuras?

—De estúpida.

—Pero...

—Nunca comprenderé, nunca, cómo se puede una enamorar de un hombre sólo porque sea bello. Detestaré siempre la belleza —y más bajo aún—. Pierre no es feo, pero yo no veo en él más que a un hombre. Un hombre que entra en mi sensibilidad y se apodera de ella, se posee a sí mismo y a mí y acentúa mi femineidad...

—Te culpas de más cosas, ¿verdad, Ivette?

—No. De casi nada. Pero me da pena el prójimo, y en ese prójimo incluyo a un hombre que no es responsable de haber engendrado un hijo tonto.

—¡Jean!

—Pues sí, me duele. Me duele su dolor...

Pero todo aquello pasaba a la historia.

Para ella se abría un mundo nuevo.

Mejor o peor, no importaba demasiado, pero sí importaba que fuera distinto y más positivo.

Luchar con la ignorancia era de dementes y eso había hecho ella durante dos años.

De luchar, hacerlo con alguien de tu igual.

Y para amar ocurrió otro tanto de lo mismo. Amar con intensidad a quien de igual modo te amase a ti.

¡Pierre!

El solitario, el célibe. El hombre apegado a su egoísmo.

¿Y en qué quedaba todo?

En eso. En una comunicación absoluta, en un de-

seo mutuo, en una compenetración infinita y sosegada.

Y aquel vaivén pasional confundido en un mismo
deseo.

¿Lo que quedaba atrás?

Era el fracaso de una frustración.

Pero el futuro resultaba diferente.

Les dijo adiós.

Sin más.

¿Para qué meterse en más detalles?

Cuando salió del taxi y entró por aquel portal,
sintió enseguida en su brazo una mano amiga.

Se volvió apenas.

Pierre estaba allí.

Le quitaba la maleta de la mano y junto a él, pegada a su costado, se cerraba en el ascensor.

—Sé que te duele... pero no pude evitarlo. Él ha
querido las cosas así... Estaban previstas que serían
así para los dos...

—Pero Jean...

—Y él, Ivette, y él... Es un hombre acabado. Un
monigote, un títere. Estoy seguro que el juez, de poder, le hubiera roto la cara, porque aún impera en el
mundo ese machismo que condena a la mujer pero
que vive en el hombre, y el juez, quieras o no lo siente en sí, pero la declaración de tu marido le obliga a
sentenciar a tu favor, lo cual no es grato para muchos,
y es exaltado para algunos otros.

No merecía la pena, ya, mencionar aquello.

No supo, no, cuándo se dictó sentencia.

Por supuesto, como se esperaba en contra de su marido.

La noticia vertió tinta.

Dio la vuelta al mundo.

Pero eso carecía de importancia para ella.

Ella estaba allí, en el apartamento de Pierre, el recalcitrante solterón que decidía su boda con la chica divorciada.

¿Motivos?

Los sabían los dos.

Pasionales, físicos, psíquicos.

Necesidad de compartirlo todo.

No supo cuándo, porque vivía como suspendida en el aire, se convirtió en su esposa.

Ni cuándo compartió la mesa con los Trejan.

Conoció a George con sus ideas clásicas. A Liza, que pasaba del cacareado feminismo.

A Maggie, su suegra, apacible y sosegada.

A Paul, el padre venerable que no se confundía y que con su diplomacia parecía aceptarlo todo.

Se integraba en una familia de la élite, pero eso a ella le tenía sin cuidado.

Lo que importaba, y eso sí, ¡mucho! era Pierre.

Su amor, su pasión.

Su entrega más absoluta.

Los días, los minutos, las sensaciones variadas e increíbles que compartían a la vez.

Era para ellos el vicio más amado el quererse tanto, el entregarse y poseerse con esa fuerza y esa intimidad que se reserva para dos.

¿Qué había hecho ella en la vida antes de conocer a Pierre?

Vegetar.

Se lo decía a veces.

Y él le respondía:

—Como yo. He vegetado y, sólo después de tenerte a ti, conocí la felicidad más absoluta.

Era una realidad.

¿Michael?

Oh, sí, claro, existía.

Y quizá existiese en demasía para otra mujer que no fuera ella.

Tampoco podía condenarlo demasiado.

Pensaba así, sostenía así su criterio de las cosas, se mantenía... Bien, tal vez una mujer ¡una!, que estuviese en cualquier parte, le complacería y pensaría como él y se sentiría su esclava.

Pero no ella.

La prensa calló un día.

Había otros casos, otros escándalos.

Otros motivos y el suceso que ella provocó pasó a la historia de lo ido.

Pero ella estaba allí.

Existía.

Y sólo sabía que existía cuando Pierre estaba a su lado.

¡Su gran Pierre!

El insaciable.

El dueño y señor de su vida, el que le hacía vibrar y retozar.

Con el cual se sentía lujuriosa.

Despertaba sus vicios más ocultos.

Sus apetencias más vivas.

Así vivía...

Y un día Pierre llegó y la asió de la mano.

—Nos marchamos de viaje, Ivette.

Para entonces ya sabía que Jean había emprendido un largo viaje y que Michael, después del escándalo provocado, pero sin ceder, había sido depuesto en su cargo y convertido de nuevo en dependiente de los grandes almacenes.

Pero ¿importaba algo aquello?

Era el pasado.

El pasaje que había vivido ella concediéndole más experiencia para el futuro.

Era la esposa de Pierre.

Su amante, su amiga y camarada.

La mujer que compartía sus vicios, sus caridades, sus ternuras.

Ser poseída por Pierre y poseerlo ella era el goce mayor.

Así estaban aquella noche.

Llegando a un hotel.

¿Qué hotel?

Uno cualquiera.

Y él, riendo, de aquella manera entre socarrona, enternecida y apasionada, la desvestía.

—Pero ¿qué haces?

—No te gusta...

Sí, le conocía.

Sabía su hacer.

Y sabía cómo lo hacía.

Y encendía su sangre y sus ansiedades más profundas y cuando compartía las suyas, experimentaba las lucubraciones más apasionantes.

El solterón y la divorciada.

El hombre, la mujer.

Sus pasiones compartidas.

El pasado estaba lejos.

Era un pasaje más de la vida que había vivido y que vivía.

Y por eso, al comparar el pasado y el presente, se sentía aún más gozosa y feliz.

Era ella, encendida por Pierre, la que buscaba su boca.

La que besaba.

La que se agitaba en su cuerpo y en sus caricias que buscaba y encontraba.

—Si serás... golosa.

—De ti... ¡Todo, Pierre!

—Y yo de ti.

Así, sin más.

Era vivir.

Era despedirse del pasado.

Era buscar el presente el mayor goce.

Y en el futuro la vejez plácida que tras de sí dejaba aquel recuerdo, aquella evocación que no moría.

Los labios se gozaban en aquella posesión mutua.

Y la voz de ella sofocada, siseante susurrando:

—Pierre, qué vicioso eres...

—¿No te gusta?

—Sí... sí...

Y sus manos trémulas le buscaban rodeándole el cuello.

—Te quiero, ¿sabes? Tanto... tanto...

Todo.

Si lo sabría él que era hombre adiestrado en el sistema amatorio.

Si sabía ella que Pierre era diferente a todos los demás.

Era pleno y plácido.

Era sofocante y lleno de una íntima plenitud.

Era vivir...

¿Morir?

Un día.

Pero vivía aún y entretanto viviera adoraría a Pierre.

Como Pierre la adoraba y la poseía a ella.

Una posesión íntimamente compartida, golosa, voluptuosa, placentera...

El futuro era de todos, y ellos, aunque parecían aislados, eran unos más de aquellos todos...

Impreso en Talleres Gráficos
LIBERDÚPLEX, S. L.
Constitución, 19
08014 Barcelona